夢枕獏

妖猫传

④

（日）沙门空海·大唐鬼宴

梦枕貘 ○ 著

徐秀娥 ○ 译

Beijing United Publishing Co.,Ltd.

北京联合出版公司

目录

主要登场人物

安萨宝：祆教寺住持。

白乐天：即白居易，大诗人，以玄宗和杨贵妃的关系为题材，写下名诗《长恨歌》。

王叔文：顺宗朝宰相。

柳宗元：王叔文的同党，中唐之代表文人。

韩愈：柳宗元同僚，亦为中唐之代表文人。

子英：柳宗元属下。

赤：柳宗元属下。

周明德：方士，督鲁治手下。

督鲁治：来自波斯的咒师。

玄宗时代（公元七一二—七五六）

阿倍仲麻吕：玄宗时入唐的日本儒生，一生都在大唐度过。汉名为"晁衡"。

李白：唐朝代表诗人，曾得玄宗宠爱后又失势。

玄宗：大唐皇帝，宠爱杨贵妃。

杨贵妃：玄宗爱妃。集玄宗宠爱于一身，因安禄山之乱而死于非命。

高力士：玄宗朝之宦官。

黄鹤：胡人道士。杨贵妃被赐死时，提出不同处理建议。

丹龙：黄鹤的弟子。

白龙：黄鹤的弟子。

不空：密宗僧。

第三十三章　敦煌幻术师

【一】

（不空三藏的话）

我生在天竺北地，父亲出身婆罗门，母亲为康居人。

幼年时，我便随同母亲来到大唐。

穿越诸多大漠国度，几经涉水过海，来到唐土时，我已十岁了。

我和母亲曾在敦煌停留三月有余，第一次与黄鹤相遇，便是在彼时彼地。

如您所知，敦煌地处大唐、胡国交界，这里的胡人比在长安的还多。

走至市街，胡国地毯、壶罐、衣裳等物品，一应俱全。

我乃天竺人氏，相比于胡人买卖，唐人、唐朝风土民情的珍奇，更能吸引我的目光。有关细节，在此无须赘述。

敦煌市街，不仅充斥各种商品，许多艺人也聚集在此，靠街头卖艺为生。

吐火的、吞剑的、表演幻术的、跳舞的、耍猴戏讨赏的、弹唱五弦月琴的……

胡唐杂处、人群聚集的敦煌市街，正是这些艺人的赚钱场所。

这些卖艺人之中，有两名胡人。

一位是看似三十岁不到的男子，另一位则是二十来岁的姑娘。

我独自逛市街时，遇见了他们两人。

市街某处人山人海，我颇纳闷，好奇之余，穿入人群，钻至前头，便瞅见他们两人。

两人背对一棵槐树，站在众人面前。

我一眼便看出，他们是胡人。

眼眸的颜色。

皮肤的颜色。

鼻梁的高度。

无一不是胡人的特征。两人身穿胡服，脚履长靴。

为何我对此记忆犹新？说来有因，两人所表演的技艺真是太厉害了。

一开始，男子先说了一段开场白，姑娘配合动作，背贴槐树而立。

然后，男子自怀中拔出三把短剑。

男子脸带微笑，以漂亮的技法，掷射出了短剑。

霎时间，围观群众一阵惊呼哀叫。

那把短剑，离开男子的手，惊险地插在女子左脸颊旁。

随后掷出的一把，则插在女子右脸颊旁。两次掷射，几乎就是紧逼脸颊。

准头若有差错，必将刺中姑娘头部。

从事这类表演时，艺人多半面带微笑，却徒具形式，几乎都非常生硬。

这对男女则不然。两人脸上所浮现的，是无法形容的笑容，是对自己此刻所作所为乐不可支的那种笑容。

两把短剑如此这般夹住脸颊两侧时，女子挪动右手，从怀中掏出一只梨来。

此时，在场之人内心无不暗想，会把梨放在头上吧。

继续掷出短剑，射中姑娘头顶上的梨——这是再精彩不过的场面了。

然而，姑娘并没有把梨顶在头上。

谁都没想到，她竟然将梨衔在嘴里。

口中衔梨的姑娘面对观众，前方站着手持短剑的男子。

男子手握短剑，摆好架势。总之，他打算朝姑娘衔着的那颗梨，掷出短剑。

到底怎么一回事？

左右也就罢了，万一短剑稍微偏上或偏下，肯定刺穿姑娘的脸或脖颈。

由于方才已见识过男子的本事，所以即使稍有偏失，也不至于暴掷到女子的颜面吧。

令人害怕的是，就算男子身手利落地射中梨，短剑大概也会穿透梨身而刺入姑娘的咽喉深处。

男子掷出短剑时，现场观众一片哀叫，至今犹在耳侧。

短剑飞掷出去时，速度之快，风啸可闻。然而，短剑却不像挥动的手一样急起直落。

与其说是直朝前方，还不如说短剑宛如画出弧线般飙飞，然后由斜上方插入女子所衔住的梨子。

此刻，观众一片惊呼，或拍手叫好，或掷出赏钱，引起莫大的骚动。

我也看得目瞪口呆。

不仅如此，女子从口中取下那只梨示众，短剑剑锋仅略略突出梨身，丝毫没伤到姑娘的嘴。

姑娘拔出梨中剑，回掷给男子。

男子凌空握住剑刃，随后举起手来，再度摆出架势。

观众将视线移至两人身上，等着看他们还要使出什么把戏。却没料到姑娘接着要做的事，更令众人瞠目结舌。

姑娘将梨子端举，紧贴着自己的额头。

这到底是怎么回事？

这么一来，即使男子如方才般施力得当射中梨子，却也无法避免伤及女子。

因为就算不深，剑锋也已穿梨而过，此时，在梨后端的已非嘴洞，剑锋恐会刺入姑娘额头，视状况，非但有皮肉之伤，也可能就此命丧九泉。

旁观者叫嚷的骚动一下子沉寂了下来，转趋沉静。

仿佛等待中的这一刻到来了，男子挥手掷出短剑。

这回，男子已不像方才刻意快速挥动手臂。

仅在掷出短剑时，稍微噘起嘴唇发出：

"咻——"

一声轻微的呼气声。

短剑再次漂亮地刺入梨身。

由于已见识过男子不凡的胆量，短剑能否射中梨子，旁观者早已不再关心。

他们所唯一担心或者说内心某处所期待的是，剑锋到底会不会穿梨而出呢？

有几秒钟的时间，姑娘纹丝不动。

她屏住气息，表情木然。

不久，姑娘唇边浮现一抹微笑。

姑娘拿开额头被短剑刺中的梨子示众，众人顿时爆发出了叫好声。

剑锋利落而漂亮地刺进梨身。

不用说，比起方才，欢呼声更多，掷出的赏钱也更多了。

不过，我也看出了一件事。

大家似乎并未察觉，我却看出来了。

以梨子承受凌空飞来的短剑时，姑娘稍微动了手脚。比方说，口中所衔的梨子在承受沿弧线落下的短剑的瞬间，姑娘略微把脸向上仰了一下。

如此一来，更加可以让观众以为梨是笔直承受沿弧线落下的短剑。

而以额头之梨承受短剑的那一刹那，她的头部连同上半身也向后晃了一下，以减缓短剑刺入的冲击。

但，这些都是细枝末节。

若非男子技艺不凡，哪里能够完成这样漂亮的表演呢？

此后，我又见过这对胡人男女好几次，却从某时起，便再也看不到他们的踪影了。

我以为他们已移往他处了。因为就算再有人气，在同一地方长期玩弄同一套把戏，早晚也会让人看腻的。

日后我才知道，事情并非如此，原来两人仍然停留在敦煌。只是，更令我担心的事发生了。

年轻的大唐天子——玄宗即将驾临此地。

【二】

此年乃开元二年（七一四年）——年轻的皇上以二十九岁之龄成为大唐皇帝，此时正届满周年。

皇上登基之时，曾下令画师在千佛洞某石窟作画，如今已大功告成。

为了一睹画作风采，皇上决定亲自到敦煌一趟。

据说，此画作精妙绝伦，深获好评，我也童心大发，极想一睹为快。但在皇上御览前，朝廷是不会让我们看到真迹的。

皇上一到，我便也可以看到画了。

正如预期，后来我也真的见到了那些画作，果然名不虚传，实在了不起。

这些画作取材自《法华经》《观无量寿经》等佛典，其中《法华经·化城喻品》的画作，将色彩鲜艳的碧绿颜料，巧妙运用在壁面上。

长途跋涉于沙漠之中，一心寻找宝物的商旅队伍，在疲累已极之际，向导一时权宜，给予他们希望和力量的鼓励，正是以这些画作为话题。

那梦幻般美丽的都城，已近在眼前——商旅队伍于是重拾起继续前进的力量。

远方是诸峰相连的山峦、缭乱盛开的花朵、城壁围绕的都城。

这些描绘，大概也正反映了想将此帝国据为己有的玄宗的内心想法吧。

《观无量寿经》画作正中央，端坐的正是阿弥陀如来。

净土上的宫殿，典雅得无可比拟，是一座诸神围绕的净土园，四周有观音菩萨、大势至菩萨、飞天、舞乐天、迦陵频伽等。

此外，也有绘制得比人身更高大的大势至菩萨身姿。

经典中如此记载：

> 以智慧光普照一切，令离三涂，得无上力，是故号此菩萨名大势至。

大势至菩萨头垂长带，顶戴宝冠，穿僧祇支[1]，裹长裙，双臂及膝披挂天衣。胸前垂缀璎珞，相貌端正而丰满。在千佛洞无以数计的佛画之中，这些画可说是屈指可数的佳作。

净土的阿弥陀如来——皇上也曾将一己身影与此佛做过比较，此事现在想来，当也毋庸置疑了。

且说，再见到那名男子和姑娘，是玄宗仍在敦煌的时候。

那是我出门到街尾市场，购买醍醐（酸奶）的归途。

先前提过的那棵大槐树下，满载瓜果的牛车上的男子们，正在纳凉、躲避日照。

共有四名男子。

切剖瓜果，正在大快朵颐之中。

虽说距离成熟季节尚早，但那些瓜果却个个硕大香甜，香味几乎都可飘传到我鼻尖。

1译注：僧祇支，僧尼五衣之一。佛上身内衣，从左肩穿至腰下，一种覆肩掩腋衣。

吃食瓜果的男子面前，有一人正对着他们说话。那人面貌似曾相识。

正是向姑娘掷出短剑的那名男子。不过，男子单独一人，身旁不见姑娘的身影。

我有些担心，便停下了脚步。

说来，是掷剑男子面容憔悴、消瘦的缘故。

"拜托！能不能分我一颗瓜？"

掷剑男子不时弯腰行礼，哀求吃瓜的男人们。

"没钱可不行。"男人们说道。

"钱的话……"

掷剑男子从怀中掏出一点钱，拿给男人们看。

"不够。"

"这一点钱，不能卖。"

"这可是献给皇上的贡瓜呢。"

"你死心吧。"

男人们的回答很冷淡。

"我妻子染病，一直卧病在床。这段日子，积蓄也花光了，她已经整整两天没吃东西了。"

当时我暗忖，他说的妻子，应该就是衔梨的女人吧。

"今天早上，她说想吃瓜，我才来市场寻觅。只是季节没到，店家都没的卖。就要放弃时，看到了各位。"

"生病怪可怜的，不过你妻子病倒，可不是我们害的哪。"

"好歹施舍我一个吧。"

"不行。这是皇上爱吃的瓜，种瓜人特意赶在这时候让它结果。不仅大费周章，事先还都数好了数量。"

"那你们正在吃的这个呢？"

经此一问，男人们忽然露出畏怯的神情。

"一开始就说好了，我们是特准吃瓜的。告诉你，现在没多余的了。"

语毕，男人从嘴中吐出瓜子。

掷剑男子沉默了半晌，终于说道：

"那，吐出的瓜子，可以给我吗？"

"噢。瓜子的话，你爱捡多少尽管捡——"

"不，我不用太多。一两粒就……"

掷剑男子拾起一两粒落在地面上的瓜子，接着，伸手取来附近的半截棍棒，在地面刨挖出了一个小洞。

掷剑男子将捡取的瓜子放入洞里，再覆盖泥土。

男人们兴味盎然地注视着，到底掷剑男子想干什么？

受到他们的目光吸引，有一两个行人停步，随后围观的人愈来愈多。

掷剑男子取下腰间垂挂的皮水袋，打开袋口，倾斜着。

袋内的水溢涌出来，浇灌在覆盖瓜子的泥土上。

"冒出芽来，冒出芽来……"

掷剑男子低声喃喃念道。

冷不防——

濡湿变黑的泥土之中，一个小小的、青翠的东西探出头来了。

"看，出来啰，长出新芽啰。"

的确是新芽。

连看热闹的人也都知道。

"哇。"

"长出来啰。"

"是新芽。"

围观看热闹的人们，如此这般起哄着。

一边吃瓜一边观看掷剑男子行动的男人们，也叫出声来。

"真的哩。"

"冒芽了。"

"长高，长高……"

男人朝芽苗下令，那新芽果真愈长愈高了。

"看吧，长高了。"

新芽随着男人的声音愈长愈高，还沿地面攀爬，叶子也繁茂起来。

"看，开花了。"

如男人所言，瓜叶之间开出花朵来。

"怎么会……"

"嗯？"

围观看热闹的人群里，赞叹声此起彼落。

然后，花朵凋落——

"结瓜，结瓜，结出瓜来。"

男子一出声，方才开花处，马上膨胀出果实。

"变大，变大。"

随着男子的声音，果实愈变愈大。

"看吧，结出瓜来了。"

繁叶中间竟然垂挂着累累新瓜。

"哇。"

"真是漂亮的瓜啊。"

看热闹的人不禁发出了惊叹。

"接下来——"

男子拔出腰间短剑，砍下一颗瓜。

"我的份，这样就够了——"

语毕，男人环视看热闹的群众，又说：

"不嫌弃的话，一人一个，如何？"

"一人一个，是要卖吗？"

"不，不用钱。我请大家吃瓜。"

围观人潮，马上涌向男人处。

"大家别慌张，数量绝对够吃。"

男子手持短剑，不停地从藤蔓上切下瓜来，递给围拢的看热闹群众。

递出最后一颗瓜后，男人拾起脚下的那颗瓜。

"感激不尽！"

他恭敬地朝运瓜男人们行礼致意道。

目瞪口呆的男人们，竟无一人回话。

掷剑男子再度行了个礼，说：

"那，告辞了。"

随即转身扬长而去。

我没上前拿瓜，自始至终旁观着，包括随后所引起的骚动。

"瓜不见了！"

运瓜男人之一大声喊叫。

"什么？！"

"你说什么？！"

树荫下纳凉的男人们，一个个抬起头来。

"看，瓜都不见了。"

最先叫出声的男人，伸手指向货车。

仔细一看，方才满载的瓜果，竟然一个不剩，消失得无影无踪。

"发生什么事了？"

"怎么全不见了？"

"那可是献给皇上的贡瓜啊。"

吵嚷不休中，有一人突然回过神来，叫道：

"是那家伙。"

"那个男的？"

"就是刚才跟我们要瓜的男子。他施展幻术，把我们的瓜全送给看热闹的人了。"

那男人说得一点没错。

老实说，中途开始，那掷剑男子到底做了什么，我全看得一清二楚。

让我感觉奇怪的是，当男子说：

"看，开花了。"

当时看来，花真的开了。

我不禁暗想，怪哉，怎会发生这种事？

然后，我便察觉到了。

那就是，每当观众看到冒新芽或攀藤时，掷剑男子必定抢先说出此事。

当他说，冒芽了——就看似真在冒芽；当他说，攀藤吧——就看似真在攀藤；当他说，开花了——就真的看似开花了。

当时，我猜想，那掷剑男子是透过言语，对看热闹的众人下了某种咒吧。

于是，我闭上了双眼，几度调匀呼吸、心澄气静后睁眼再看，瓜果藤蔓并未茂密成长，不过是男子脚下湿土上，刚刚掉落的一把状似某处摘来的绿色杂草罢了。

开始送瓜时，男子也不过就是伸手拿取车上的瓜，再一次一个递交出去而已。

这一举动，看热闹的观众却以为，瓜是从藤蔓上切下再送出来的呢。

这是我第一次知道，原来有人可以趁隙钻进人心，做出如此的事。

【三】

且说——

四天之后，我再次见到那名掷剑男子。

那时，我和母亲同行，出门走访千佛洞，去看新画作。

因皇上已看过，我们才终于有机会目睹那些新画。

大约是清晨出门，中午时抵达的吧。

千佛洞前，有一道河流穿过。

从河这边望过去，千佛洞景观尽入眼帘。岩崖凿有众多洞穴，洞穴之间贯穿着通路，还架有梯子，只要想看，任何石窟都进得去。由于数量过多，哪个石窟内有什么画，当时的我自然无从得知。

我只是惊奇地眺望着石窟美景，渡河走到千佛洞前方广场时，此处已挤满了人。

前来参拜的信众或居住在此的僧人们，虽然也现身其中，最引人注目的，却是一群披戴甲胄、威风凛凛的士兵，以及穿着锦衣华服的人们。

只有那些我从未见过、在京城宫廷走动的贵人，才会这样打扮。

然而，眼前只见人墙围立，里面到底在干什么，外人不得而知。

仗着还是孩子，我撇下母亲，径自钻进人堆之中。

尽管遭人恶意踢打，或大声斥责，我依然不减好奇。

终于，我钻进了人墙最里面。

在那儿，我目睹了一幕场景。

士兵包围着一名青年及一名女子。这两人我似曾相识。

是掷剑男子和他的妻子。

两人面前，皇上坐在粘贴金箔的华椅之上。

皇帝身后及两旁簇拥着许多贵人，他们和皇上一起注视着那对男女。

士兵当中，有个全副武装、雄壮威武的人询问掷剑男人：

"所以，果然就是你偷了贡瓜？"

"因为我妻子生病，想吃瓜。"掷剑男子回道。

"我只拿了一个，其余的全给了大家。"

男子说到这里，身穿华丽甲胄的男人想要确认般地说："是你偷的吧？"

"可是，我……"

"偷就说偷，到底怎么回事？！"

"是我拿了。"

"托你的福，皇上吃不到瓜了。这可是欺君大罪啊。"

"听说，你施展了不可思议的幻术。"

"听说，你在地上播种，马上就能长出瓜来。在这儿，也可以办得到吗？"

"办不到。"

"什么？"

"要有瓜子。没有瓜子，便办不到。"

"就算是瓜子，总归都是妖术。没有瓜子，不也应该办得到吗？"

"不。即使是妖术或幻术，没瓜子就办不了事。"

这回，士兵也沉默了。

贵人中有一人，从旁插嘴。

"你这胡人哪。"

贵人称那掷剑男子是胡人。

"听说你不光是精于幻术，掷剑也很拿手。"

"你能表演掷剑，射中搁在那女人头上的梨子？"

"是。"

"能在这里表演吗？"

"皇上有旨，要看你的表现来定罪或赦免。"

掷剑男子不作声，只是睁大眼睛注视皇上。

"再这样下去，你一定会被砍头。不过，这次是为了庆贺千佛洞画作完成，皇上才驾临此地。皇上说，不想平白无故流血，加上你的妻子也有病在身。虽说如此，却也不能平白放走犯下滔天大罪的你。"

"如何？让大家见识你掷剑的功夫吧。"士兵说道。

掷剑男子望着皇上，似乎在询问：贵人所言当真？

不久……

皇上默默地朝男子点了点头。

就这样，那件事便发生了。

【四】

如同初见时一般，男子逐次掷剑射穿备妥的梨子。

首先，拿在手上。

再来，顶在头上。

再来，衔在嘴里。

再来，举在前额。

这些都和上回一样。

不同的是，接下来的那一次。

短剑射穿第四颗梨子时，聚集的人潮早已沸腾，刚开始是叹息般的低声欢呼。

欢呼夹杂着两种情绪，一是所期待的意外并未发生；二是因为没发生，反倒松了一口气。真正的欢呼声响起，是原本最后的那一次。

当观众欢呼声安静下来时，映入我眼中的，是皇上和身旁贵人在交谈着某事。

谈话终了，如同先前，玄宗又倚靠在椅子上。

仿佛等待此刻来临，一直与玄宗交谈的贵人向前跨出一大步。

"皇上说，你们的技艺真是了不起，不过，这应该只是平常所表演的。"

贵人如此说道。

"光是一般的把戏，无法赦罪。因此，皇上又说……"

皇上到底又说了什么，围聚的众人，为了听清楚下文，都竖起了耳朵。

"皇上说，现在你再射一次梨给他看……至于射梨的方式，皇上吩咐，要与方才不同。"

贵人接着说明与刚才不一样的射梨方式。

首先，他伸手指向附近一棵大柳树：

"让女人站在那柳树前，背部和后脑勺，必须紧紧贴在柳树上，还得用布绑紧，头部不许离开树干。额头的梨，也同样用布绑紧，不能让它离开前额……"

贵人这样说着。

"就用这方式，像刚才一样，用短剑射给大家看吧。"

贵人一边说明，一边望着胡人男子。

"懂了吗？你只有一次机会。射中了，就可以赦免；射不中，两人当场处死。"

语毕，贵人望向皇上。

皇上迎着他的目光，满足般地点了点头。

贵人此时所说的，无疑正是皇上本人的想法。

换句话说，皇上和我一样，也发现胡人掷剑射梨的微妙招数了。

让女人后脑勺紧贴树干，并且固定不动，是为了不让她施展此微妙动作。

如前所述，此把戏是由两方组成的，一是男人的本领，另一则是女人面迎短剑时的调整动作。彻底阻绝其一之后，两人还能顺利完成吗？

当然，单以短剑射梨，对胡人男子来说，那是轻而易举的。

然而，问题不在能否射中，而在于他投掷出手时的力道。

"如何？"

即使再问，答案也只有一个。

那就是"做"。

不用说，男子点头同意后，围观人群又是一阵欢呼。

然而，欢呼声中，似乎又掺杂着期待目睹令人不安和恐怖的东西，此或是众人多少也能理解到，皇帝提议背后所代表的意义。

所以……

士兵先将女人绑在树干上，固定住她的头部。

再用布条将梨子紧系于其前额，避免掉落。

一切准备就绪，男子站到女人面前。

一看就知道，前所未有的紧张，此刻正布满胡人幻术师的全身。

男子的面孔顿时失去血色，表情整个凝重了起来。

他不停地舔舐干燥的嘴唇，摆出掷剑架势又放下，晃动肩膀调整呼吸。

由男子的模样可知，在掷剑穿梨的把戏中，女人的协助非常重要。或者说，我感觉女人比男子显得镇定。

"放心，一定行！"

女人出声鼓励，男子却显得迷茫。

男子的迷茫不安，仿佛也依附到了女人身上。不久，女人表情明显起了动摇。

这种不安与紧张似乎也转移到旁观的一方，我的手心因为渗出汗水而濡湿了。

不久，男子觉悟般吐了一大口气，一边深呼吸一边握住短剑，全神以待。

男子双眼上吊，额头汗珠掉落，宛如鬼相。

"嗬！"

锐不可当的气势中，短剑自男子手上掷出。

此刻，我不由得吞下呼叫声。

因为男子掷剑速度，比先前稍微快了一些。

看热闹的众人，在下一秒时，爆发出了吼叫声。

短剑射入梨身之际，女人头部颓然前倾，梨子与额头之间汩汩涌现红色液体，而后自女人鼻端滴落地面。

士兵们慌忙趋前，解开女人额头的布条，梨子却未掉落下来。

原来，短剑贯穿梨身，已刺入女子额头。

女子瞪大眼睛而死。

男子并没有走近女人身边，始终呆立原处。

不久，他蹒跚步向女人，屈膝抱起尸体。

"啊，这……"

男子喃喃低语。

"啊，这、这到底……"

先是啜泣，继而转为野兽般放声痛哭。

怀抱着女人，男子抬头望向皇帝。

"不过是几颗瓜而已，竟然这样……"

那声音极其骇人，让旁听者不由得感到一股寒气。

"我们高昌国，昔日为唐所灭……"

男子喃喃自语。

声音宛如泥水煮沸一般。

"如今，又杀了我的妻子……"

男子转动望向皇上的脸，仰视天空。

满布哀痛的脸，似乎微微一笑。

男子露出悲哀的微笑在哭泣着。

此前用来将女人绑缚在树干的绳索，掉落在男子身旁。

男人放下尸体，让她仰卧地面，拾起眼前的绳索，再度凝视玄宗。

"刚刚各位所看到的是射梨的技艺。一不留神，杀了爱妻，这都是我的错。"男子哭着说道，"既然如此，就让我升天，请求天帝赐还妻子性命，重回人间吧。"

男子边说边将绳索卷成一圈，放在落地的两膝之前。

男子低声念咒，绳端瞬间像蛇头一般，从盘绕的绳圈中扬抬起来。

他继续念着，绳索滑溜地往上升去。

"哇！"

围观人群不知将会发生何事，不由得发出惊呼。

绳索继续往天际上升。

伸展出去的绳索，早超出原来的长度，残留在地面的，却看不出有任何减少。

最后，上升的绳索彼端终于消失在天际。

"那，此刻我就升天吧。"

男子起身，任由泪流满面，伸手抓住绳索。

他以双手握住绳索，并以脚缠夹，开始攀爬。

男子的身体，很快上升到手够不着的高度，未几又升至屋顶高度，最后攀到比千佛洞崖壁更高之处。

然而，绳索仍继续向上伸展，男子也丝毫没有停下来的打算。

男子身影变成豆粒般渺小，不久，便穿入飘浮天空的云端，和绳索一起消失了。

士兵和贵人们终于回过神来，首度察觉发生了什么怪事。

原来不知不觉之中，看热闹的众人和我，均已中了胡人幻术师的幻术。

激动的哭喊声，突然自天而降：

"啊，若是我自己一人，随时都可逃走，只因爱妻被你们当作人质，才无法……"

确实是那胡人的声音。

"皇上，我恨你！"

令人凝血般骇人的声音，自天际传来：

"有生之年，我一定与你作祟！"

听到那声音，士兵们拔剑在手，团团护卫住皇上。

士兵们似乎认为，胡人其实并未升天，而是躲在某处，正想对皇帝不利。

然而，千真万确地，绳索迎向半空，宛如木棍般竖立着，声音自上流泻而下：

"皇上，从今天起，你最好每晚都想到我，想得颤抖难眠。我恨你！千万别忘了……"

这个声音传来时，"呀！"一名士兵朝绳索砍去，绳索却没断，只是弯曲了。

不过，仿佛以此挥剑为暗号，绳索又滑溜溜地从天上掉落下来。

待绳索全部落地后，仔细一看，那绝非可以升天的长度，只是原来长短而已。

除了浮云，空无一物的晴空，远远传来低沉的痛哭声。随后，哭声也停了下来。地面只剩胡人妻子的尸体，以仰卧的姿势，睁大眼睛望着天空。

【五】

再次与掷剑男子相遇时，我并没有马上认出他来。

原因是，距离上次碰面——也就是千佛洞惨剧之后，近三十载岁月已悠悠过去了。正确地说，是整整二十九年。

为何我至今记忆犹新，说起来，都是因为天宝二年春天的那场宴会。

那是何等盛大的一场宴会啊。

杨贵妃总是陪伴在皇上身边。

高力士、李白也在座。

真是让人毕生难忘。

当时，李白即兴作诗，皇上谱曲，李龟年歌唱，杨贵妃起舞。

阿倍仲麻吕大人应该也在席上。

高力士，因李白脱靴一事而与他失和，也是发生在那场宴会上。

当时，我即将启程前往天竺。

一般而言，我都会辞谢出席此种盛宴，然而，一旦出发去天竺，不知何年何月才能返回长安。一旦出了状况，也有可能就此客死异乡。

我心想，在此宴会将可见到平时给予我诸多照顾的诸多知交，也就出席了。

话虽如此，那场宴会却恍如一场美梦。

那样极尽人世奢华之美的世界，原本与我这样的人相距遥远。不过，至今我还记得，当时我曾情不自禁心驰神荡。

若将那场宴会视为人间心力的流露，则可说跟密教并非绝对无缘。

不过，此事暂且搁下，那并非今天我所要谈论的。

现在我不得不说的是，关于那位掷剑的胡人男子的事。

宴席上，我和旧识们一一打招呼，却发现有一奇特人物置身其中。

我感觉在哪里见过他，却想不出是何处——宴会中那张脸给我如此的感觉。

明明应是初次相遇，却像在某处见过。

不过，这种事本来就很平常。

明明见过对方的脸，却想不起其为何人。也或许，对方是其他人，脸庞或表情却跟自己熟悉的人神似。

与这样的人相遇，其实不足为奇。

然而，那人给我的印象，却跟上述感觉完全不同。

很显然地，过去，那人肯定曾给我留下深刻印象。明知如此，当时的我却不知其人为谁，也就是说，他埋藏在我的记忆深处，我一下子想不起来……

不过，我曾留有强烈印象……

我一直认为，记住他人容貌的能力，自己实远胜于别人。

只要碰过面、谈过话的人，我一定记得。即使见过千人万相，也从不会忘记。

因为我看人，并非只看其外貌而已。

我还会看面相及人相。可以说，人的容貌鼻眼等，不过是观察整体人相时的一扇窗而已。

更清楚地说，人的脸型、眼珠颜色、牙齿排列，都只是一时的存在，且经常在变化之中。

但是，人相却难发生变化。

对我而言，过去明明曾遇见过，却想不出他是谁——表示这一定是极为久远的往事。

此人一身道士装扮。

身旁还有两位年轻道士随侍列席，他们警视四周的模样，绝非泛泛之辈。

乍看之下，只是个不起眼的随处可见的老道士，我却感觉他绝非普通道士。

"那位是何人？"

我向凑巧站在一旁的晁衡大人探询。

晁衡大人回答：

"那位是黄鹤大师。"

原来如此。

我点了点头。

原来那就是黄鹤大师。

虽是初见，关于黄鹤的事，我却早有耳闻。

据说，早在贵妃还在寿王府时，他便是随侍贵妃的道士。

即使贵妃来到皇上身边之后，他也继续侍候着贵妃。

姑且不论其道行如何，他因随侍贵妃而得参与如此盛会，却未显露任何野心。他在贵妃身边，不乏与闻政事的机会，但听说也只是老老实实服侍贵妃而已……

然而，远观黄鹤身影，我却愈来愈觉得，此人绝非我所耳闻的那种等闲之辈。

沉稳微笑的皮相之下，看似暗藏着令人毛发悚然的恐怖东西。

他是一只深藏不露的野兽。

脸上浮现笑意，朝着猎物逼近的野兽。

虽然谈笑风生、饮酒作乐，却毫无可乘之隙。无时无刻不在侦察对手的表情或弱点，宛如放在兔群之中的一匹狼。

而且，这匹老狼因为披了兔皮，周围兔群并未察觉他是狼。

这样的印象，深印我心。

不过，话虽如此，我还是想不起来，曾在何处与此黄鹤相遇过。

不久，偶然一瞬间，我和黄鹤对上了眼。

黄鹤察觉，我偶尔会将视线移至他身上。

于是挨近旁人，附耳私语某事。

竖耳倾听之人，随即也挨近黄鹤耳畔窃语。

黄鹤点了点头，然后望向我这边。

目光祥和。

我可以猜想得出，当时黄鹤和旁人说了些什么。

"那位僧人是何许人也？"

或许，黄鹤向旁人如此问道。

"那是青龙寺的不空和尚。"

被问之人当然如此作答。

黄鹤自席间起身，走向我这边，正是贵妃舞蹈刚结束之时。

"阁下是青龙寺不空师父吗？"

黄鹤恭敬行礼后，向我问起。

"正是。"

我点头致意，黄鹤又说：

"在下黄鹤，是随侍贵妃的道士。"

"刚刚曾听晁衡大人提起。"我答道。

奇妙的是，这样近距离对看，远望时所感受到的那种危险气息，竟彻底自黄鹤肉体中消失了。

先前我所感受到的印象，仿佛全是自己的错觉。

"我们是第一次见面吗？"黄鹤向我问起。

"是的。"

我点了点头。

"我觉得，以前似乎在哪里见过您……"黄鹤又问。

"为什么呢？"

"刚才您用那样的目光一直看着我。"

"请恕我失礼了。您像极了我的一位旧识，所以一直窥看您。您当然是别人。这是我们第一次见面。"

我说的一半是事实，另一半则不是。

"听说您不久就要前往天竺。"

"是的。我打算五天后出发。"

这样回答时，我突然恢复了记忆。

西域。

我在敦煌见过的那位掷剑男子。

大概是因更近距离地端详黄鹤，加上他说出"天竺"这句话，才让我恢复了记忆。

从手中掷出的腾空短剑。

围观群众的惊叫。

刺入女人额头上的短剑。

以及缓缓升高的绳索。

攀爬绳索而去的男子。

二十九年前的情景历历在目，在我脑海里活了过来。

"有生之年，我一定与你作祟！"

"皇上，从今天起，你最好每晚都想到我，想得颤抖难眠。我恨你！千万别忘了……"

自天而降、蜷曲在地面上的绳索。

凡此种种，我都想起来了。

这名男子。

黄鹤。

正是当时掷剑的胡人。

亲手掷出的短剑，贯入妻子额头，诅咒后消逝的男子，如今笑容满面，站在我的眼前。

此人且以随侍贵妃的道士身份，时常陪从皇上身边。

究竟是什么原因，掷剑男子此刻会这样出现呢？

当时，我的背脊不由得寒毛直竖。

因为黄鹤虽然笑容满面，和善地凝视着我，那目光却丝毫不放过我内心任何细微的感情波动。

【六】

不久，我便自长安出发前往天竺了，旅途中却始终怀抱着某种不安。

那就是关于黄鹤的事。

那名胡人男子——黄鹤为何随侍皇上身边？我不停地思索原因。

依照当时从天际传来的话，黄鹤想必图谋加害皇上。

究竟黄鹤有何打算？

如果他想杀害皇上，应该不乏机会，他大可神不知鬼不觉地下毒，或直接夺取其性命。

黄鹤与贵妃随侍君侧，已过去了四个年头。这段时间，我不认为黄鹤毫无下手的机会。

黄鹤一直没有出手，是否表示，他已经放弃这个打算？还是那只是我的错觉，事实上，黄鹤和掷剑男子根本毫不相干？

因为抱着这样的心情，我将黄鹤之事深埋心底，未曾禀告皇上就离开了长安。

黄鹤已经没有那种打算了。

或者那掷剑男子根本另有其人。

这都是很有可能的。

黄鹤毕竟是人。无论他对皇上有多少恨，或是因这份恨而接近皇上，如今他所享有的荣华富贵，随心所欲的生活，全拜皇上所赐。

若是结束皇上性命，那么，他今天所拥有的一切将化为乌有。

既然如此，他还会这么做吗？

无论什么事，二十九年的岁月毕竟太长了。或许，恨意也会随着时光流逝，而愈来愈淡薄吧。

再说，我若将此事禀告皇上，也无确凿证据。只要黄鹤表示不记得有这么回事，那一切就结束了。

就连我，要将黄鹤和掷剑男子联想在一起，也费了不少时间。

皇上还会记得，二十九年前仅见过一面的男子的容貌吗？

既然相安无事地过了四年，皇上和贵妃也很幸福地度日，当时的我干嘛还要把这件事透露出去。

然后，我察觉到了一件奇妙的事。

那就是黄鹤的两名弟子。他们似乎对黄鹤隐瞒着某种秘密——宴会时，我观察他们三人，留下这种印象。

我会如此说，是因为那两名弟子，偶尔会趁黄鹤不注意时凝视着贵妃，而且动作小心翼翼。

当黄鹤望向他们时，他们就会装作若无其事——不看他们时，两人就会用足以穿透肌肤般的目光，紧盯着贵妃。

真是不可思议的三个人。

如今，既然大家都平安无事，我想也就不必重提二十九年前的旧事了。

于是，我不曾对任何人吐露口风，独自暗藏心底而前往天竺。

我从天竺归来，是三年后的天宝五载。

当我远行归来，皇上四周也没因黄鹤而引起什么大事。

我在长安停留了约莫三年，就再度出远门到天竺去了。

那次天竺之行，前后大约花了五年时间吧。

天宝十二载——即三年前，我从天竺归来，就在那时候，我察觉京城发生了微妙变化。

（不空的话完结）

【七】

听完不空这么一大段话，我开口说道：

"原来如此，您见到了在敦煌攀绳登天而逃的胡人哪。"

"当时，高力士大人可在敦煌？"

"不，我留守在长安。"

"您没从皇上那儿，听到关于敦煌的事吗？"

"回宫时，皇上曾提起千佛洞的画作，却没说到掷剑男子这件事。"

"那，其他时候呢？"

"噢，我和皇上独处时，倒听他提起攀绳胡人的事。"

"皇上怎么说的？"他说，"就寝后有时会惊醒，觉得很恐怖。"

"噢。"

"皇上做了梦。"

"做梦？"

"皇上说，梦见一条绳索自阴暗天井垂落，有名胡人顺着绳索下来。他嘴里衔着短剑，落地站在沉睡的皇上面前，然后取下短剑，刺向皇上前额。"

"皇上一直做这梦吗？"

"没有。做梦这事，我记得讲过数次，从去敦煌算起，我想有两三年。之后就没印象了。"

"是这样啊。"

"不过，尽管没说出口，心里或许偶尔会想起。"

"是的。"

"不过，由皇上下令赐毒自尽或斩首者不计其数。若包括战死沙场者……"

"数也数不完了？"

"没错。"

"说得也是。"

"皇上会对那胡人耿耿于怀，或许是因为胡人是以不可思议的方式消失了吧。"

"攀上绳索，然后升天。"

"是的。"

"再提一件事，皇上不只是怕那胡人。"

"哦？"

"皇上对胡人攀上绳索后何去何从，似乎也充满兴趣。"

那男子果真就此升天，失去踪影了吗？

那绳索上方的天空，究竟存在着怎样的世界呢？

仿佛怀念某事，皇上有时也会随口说出上述的话。

那是幻术把戏，还是绳索上方的天空，真有仙界、天界的仙人或天人居住的世界？

我向不空和尚说，皇上也曾叹息般地这样说过。

"原来如此。"

不空和尚点了点头。

"话又说回来，先前您提到，第二次自天竺归来时，长安气氛变得很微妙。"

我问不空和尚。这件事让我有些在意。

"若是这个，高力士大人，您不是比我更清楚吗？"

"到底是什么事？"

"是征兆。"

"征兆？"

"没错。"

"您是说……"

"如今，那个征兆已经有了结果。这样说，您大概懂了吧？"

"换句话说，您指的是此刻长安的事吧？"

"正是。"不空和尚点点头。

"我回来时，感觉皇上变了。"

"皇上变了？"

"高力士大人，您为何问我？先前我已经说了，这件事您最清楚不过了。"

不空继续追问，我却噤口不语。

正如不空所说，我心知肚明。

"是的。"

我仅能如此点点头。

"我出发前往天竺之前，杨国忠大人已专擅揽权。这倒也无妨。一国政事，经常会出现这样的人物。问题在于，该人是否昏聩愚昧？以往杨国忠凭借贵妃兄长身份入宫。那时的杨国忠，并不昏愚。"

"现在呢？"

"我很难说出口。人一旦手中握有权力，便想守护它。渐渐地，就会疑心生暗鬼，无法信任别人。"

"杨国忠和安禄山已经开始不和，又跟哥舒翰将军交恶。处理国政的官员，彼此猜忌，整个朝廷从上到下……"

"是啊。"我仅能点点头。

"而且，必须匡正这股歪风，可是能做这件事的人，对此却毫不知情。"

"不错。"

对此，我也仅能点头称是。

不空所说的那个人，指的当然就是皇上。

依不空所言，昏愚的人们之中，当然也包括了我。

这件事，晁衡大人您应该十分清楚。

"最后，便得出这样的结果来了。"不空感慨万千地说道。

"当然，我口中所说的愚昧，也包括在下不空。没能把握机会，认真向皇上进言。我也有责任。"

不空停下话，注视着我，接着说道：

"不过，高力士大人，听您这么一说，我首次察觉到了，结成这一果实的背后，原来这几年，甚至数十年之间，有人一直在皇上身边施肥滋养。"

"黄鹤——"

我喃喃自语般说出这个名字。

【八】

关于黄鹤的事告一段落后，我便闭上了嘴。

我能对不空说的事，都已说完了。

本来还有事想讲。老实说，我很想将那件事说出来，如此一来，我也比较能够松下一口气吧。

然而，那件事——陈玄礼和我结盟的那件事，如同我之前已写过的理由，我无法向不空说出来。

此外，关于皇上决定在一两天之内离开长安的事，我也不能对他说。

那件事让我深感不安。为了自己心安，我才和不空谈话。

或许，他察觉到了我欲言又止的表情。

"高力士大人——"不空唤道。

"您心里藏着的秘密，不必对我说。也不必为了那件事而感到难过。"

啊——

这是何等体贴的话！

当时我心想，不空此人真是无所不知啊。

不论是皇上打算离开长安，还是陈玄礼的企图，他都一清二楚。

尽管具体而言，他不知皇上将于何时、如何离开长安，他却已察知此事迫在眉睫。而且，虽说不知何时、何人准备叛变，他却也已经嗅到那样的空气了。

"我也察觉到充斥宫内的一些迹象。高力士大人，您专门找我来，而且对那几件事避而不谈，反倒令我更加明了将要发生什么事。"

"不空师父——"

我不由自主地想对不空和尚一吐为快。如果能够这样，我将会多么轻松啊。

"高力士大人，人有时不得不背负重担。你不该将那些事说出来。"

"是。"

"关于黄鹤的事，现在向皇上禀告到底合不合适，这不是在下能判断的。"

"当然也可选择向皇上禀告这条路。不过，也可按下不表，选择另一条路。到底哪一条才是正确的，那并非人身所能判断的。"

"是的。"

仿佛看透我的内心一般，不空如此说道：

"皇上和黄鹤的事，如果要我给您出主意，可以这样说，无论唐国方术、密教法术，或是胡国幻术，都与人心相关。"

"换句话说，所谓的'咒'，不论是哪种法术，都和人心息息相关。"

"进一步说，不论哪种法术，都不是超出天地法理之外的东西。"

"这是什么意思呢？"

"就是说，任何法术都必须依循因果法则。"

"因果法则？"

"先有了某事、某一行为，才会生出某一结果。这世间所发生的事，都是基于某处的'因'而滋生出来的。"

"如果因为黄鹤而发生某事时，请务必记住因果之说。"

不空向我如此说道。

晁衡大人，我想起这句话，是在马嵬驿的时候。

当黄鹤在贵妃身上刺入那针时，我想起了不空和尚所说过的这些话。

若将黄鹤刺进贵妃身上的针，抽出一半的话，或许可以不为人知地阻止黄鹤的企图。当时我是这样想的。

因为倘使贵妃苏醒过来，皇上很可能会改变心意。不，肯定会改变的。

如果皇上看到贵妃平安无事再度站在自己面前，他一定会忘记打算让贵妃逃亡倭国的计划。

而且，黄鹤的目的，或许正是这个。不，如果贵妃真如黄鹤所说，是他的女儿的话，或许，黄鹤只是想救自己女儿一命也说不定。

不过，反正结果都一样。

如果让贵妃再度回到皇上身边，旧事大概又会重演吧。

因此，当时我下定决心，要将刺入贵妃身上的针稍微拔出一些。

我到底做了何等可怕的事啊！

罪不在贵妃。

若说有罪，那应该是我。作为道具之人，贵妃并非出于自愿，而是被我们撮合给皇上，才成为宫妃的。

要说谁是宫中最为罪孽深重的，那肯定是我了。

不空和尚会被牵连进这一事件，是因为我向他说出了我和黄鹤之间的事。

那敦煌的掷剑男子，和黄鹤是同一人——知道这一秘密的，只有我和不空和尚两人。

在那之后，我回到了长安，关于黄鹤的事，我还曾几度和不空和尚商量过。

我们的想法是，正如先前告诉晁衡大人的那样，决定不将黄鹤的事禀告皇上。

因为假如黄鹤说我们认错人了，那我们也无从辩解。如果禀告皇上这事，皇上一定也会察知我对贵妃动了什么手脚。

我认为，一定要等到皇上了解黄鹤其实是真正的敌人时，才能禀告他。

然后，挖出贵妃，拔出其扎针的时刻也终于来临了。

当时的我苦恼万分。

万一贵妃醒来了——

或是，万一贵妃没有醒来——

那时，黄鹤会怎么办？

他会察觉有人弄松了扎针吗？

到时候，我又该怎么办？

我把这些担心，都告诉了不空和尚。

"我站在你这一边。"不空这样对我说。

"我当时知道你想做什么，却没有阻止你。所以这件事，我也有责任。万一这天到来，我会跟黄鹤对决。不管黄鹤如何施展幻术，对我都行不通。真有必要，再禀告皇上敦煌所发生的事吧。至于是谁拔的针，现在还不用说。万一皇上不能理解，我们就当场和盘托出。如此最后还被赐死的话，那我们就受死吧。"

不空这一番话，让我下定决心，偷偷安排他秘密前往华清宫。

然后，趁着不空在和皇上谈话时，白龙、丹龙带走贵妃，消失了踪影。此事，晁衡大人也已知之甚详。

当时我对黄鹤所说的话，和写在此信里的几乎一样。

"那时，不空和尚来到华清宫，正是要将你利用杨玉环的企图——全数禀告皇上。"

我如此说。

那时，皇上到底是以何种心情聆听的啊？至今一念及此事，都还是让我满怀悲痛。

"正因为你也察觉此事了，黄鹤啊，那时你不也逃走了？"

黄鹤眼中流下泪来。

"呜呜呜……"

他发出了低沉的啜泣声。

"我想到了华清宫所发生的事……"

黄鹤轻轻摇头。

"话说回来，真想不到今天会在这儿听到敦煌发生的事。"

黄鹤任由泪流满面，始终凝视着我。

"到底已经过了多少年了……二十年？三十年？还是五十年呢？太过久远的往事，我全忘了。"

"那时，没想到不空大师也在现场……"

"果然，你就是那时的——"

"没错。我正是亲手杀死爱妻，如今却老而不死的那名男子。"

"你说，贵妃是你的女儿，那，当时死去的女人，难道会是贵妃的——"

"怎么会呢？"黄鹤说，"杨玉环，是我和其他女人所生的孩子……"

【九】

啊——

晁衡大人。

万万没想到，在临死的最后关头，我竟从黄鹤那儿听到这件事。

黄鹤对我所说的事，也让悄悄逼近的死亡跫音一时远离了。

"你想听吗？"黄鹤问道。

"你想听听至今深藏在我内心的秘密吗？"

黄鹤眼中汩汩流下泪水。

"不，听吧，高力士，你听吧。以临死者的身份，听听我的告白。"

黄鹤任凭泪流不止，紧紧凝视着我。

"本来我打算死也不告诉任何人。可是，不告诉任何人而死，那我的人生到底是什么呢？"

当我听到这番话，啊，原来跟我想的一样。

啊，一样。

这个黄鹤也一样。

跟我一样，始终禁锢、隐藏在内心的事，就像我写信给晁衡大人的一样，黄鹤也想娓娓说出。

即使述说的对象是我……

那心情我感同身受。

听到黄鹤这句话，我对眼前这位胡人，甚至滋生了一股爱怜。

"这是你对我说出这一番话的回礼。不，就当成是你听我说话的回礼，听我的告白……"

"明白了……"我点了点头，说道，"黄鹤，我都明白了。我就听你说吧。趁我还有一口气时说出来吧。"

于是，黄鹤说出了事情的来龙去脉。

【十】

（胡人幻术师黄鹤的话）

我曾数度想夺取玄宗的性命。

我也不止一回潜入宫中，却都没机会杀死玄宗。

虽然身怀法术，但宫中戒备森严，即使潜入，也很难接近玄宗身边。如果我怀着必死的决心，或许还可杀死他，但假如杀不成玄宗，却白白送上自己这条命，我一定死不瞑目。

就这样，我闷闷不乐地在长安待了一年半，然后——啊，高力士，你嘲笑我吧，我竟然渐渐涌现出爱惜自己性命的心情来了。

有时我暗想，即使杀不了玄宗，也应断然进行，但一想到刺杀失败，我或许会丢掉性命，那个决心便又变得迟钝起来。

人真是不可思议哪。

自己的想法——就连这种自己内心的想法，也无法随心所欲。

既憎恨玄宗，又怜惜自己性命，我沉溺于美酒之中，也开始对留在长安引以为"苦"。

大概在长安待了一年半，或将近两年吧。

然后，我告别了长安。

浪迹四方期间，我在蜀国与那女子相遇。

我与那女子初次相遇，是在蜀国市集。

第一次相见，我震惊不已。

因为她和命丧九泉——不，我亲手杀死的妻子一模一样。

我还记得一切。

她身上所穿的白衣，脚上鞋履的颜色，头上高高竖起的发髻，秀美的容颜，连她在市集所购买的东西，也还记得。

玉梳。

我看见她手指握着玉梳的模样，也看见她用新买的玉梳贴在发梢的模样。

她的唇形、鼻形，几乎令我以为是亡妻。酷似得让我产生错觉，以为亡妻又在人间复活了。

那女子应有胡人血统吧，她的眼眸颜色虽然和亡妻相异，瞳仁却也带点儿碧绿。

我跟踪了那位女子。

因而打听出女子的来历。

原来女子已有丈夫。

其夫名为杨玄琰，官拜蜀国司户。

晚上，我偷偷潜入女子房间，以幻术诱惑她，得到她的肉体。

本来打算得逞一次便够了，我却欲罢不能，一次成了两次，两次成了三次，屡次前往。

每逢夜晚，我便潜进房里，与她过夜。

不久，孩子生下来了。

是个女婴。

取名玉环。

这个杨玉环，就是我们所熟悉的杨贵妃。

成为母亲的女子，和做丈夫的杨玄琰，都没想到孩子是别人的骨肉。他们一直深信，女婴是自己的亲骨肉。

因为身为母亲的女子，对与我亲热之事甚至毫无印象。

有几度我佯装杨玄琰的模样与她交欢，就算她还记得，也会以为是自己的丈夫。

为什么我会知道，那出生的女婴是自己的骨肉呢？

全因那双眼眸。

她眼眸颜色与我的极为神似。

而且，当时杨玄琰另有女人，很少跟自己的妻子行房。

所以，或许丈夫杨玄琰也曾隐约揣想，杨玉环不是自己的女儿吧。

不，他一定这样想过的。

总之，杨玄琰的妻子最后为我生下了两个孩子。

第二个是男孩。

生下那男孩，大约过了两年吧。

便发生了那件事。

哪件事?

高力士，别急。

夜很长，且让我向你娓娓道来。

大约在玉环四岁的时候吧。

某天晚上，我在没下好咒的情况下，和杨玄琰之妻交欢了。

或许因为生了两个孩子，我也就疏忽了。

就在缠绵之际，女子回过神来，惊觉我不是她丈夫，大叫出声。

我逃跑了。

不，是正想逃。

我不知杀了多少人，但强行凌辱不肯就范的女人，实非我的作风。

当然我有时会下咒，迷奸自己喜欢的女人。

那就不用说明了吧。

让喜欢的女人看上自己，某种意义上也像是下咒。在此意义上，恋爱的法术，和我的法术道理一样。

这点，高力士你也该明白吧。

然而，就在我打算逃之夭夭时，杨玄琰提剑来到房里。

昏暗灯火中，杨玄琰看见了我。和我对望了一会儿。

当时，我也觉得很奇怪。

只要想逃，随时可闪走，我却和杨玄琰对视了片刻。

"原来是你！"杨玄琰问。

我没能马上听懂他话中含意。

听了下文，我才明白杨玄琰想说什么。

"原来你就是玉环的父亲？"

杨玄琰又问。

大概一开始他就觉得事有蹊跷吧。否则，不会在那种场合说出那样的话。

当时，杨玄琰脸上浮现的痛苦表情，我至今难忘。

他不停地摇头，似乎很痛苦，倏地拔出剑来。

可是，他的剑并非冲我而来。

杨玄琰挥剑的对象是自己的妻子。

还来不及叫出声时，玉环的母亲便已人头落地。

如果是向我砍来，我会躲开，接着便可能对杨玄琰下手，那么，玉环的母亲或可免于一死。然而，事情并非如此。那把剑砍向玉环的母亲。

望着玉环母亲落地的人头，杨玄琰满脸难以形容的哀戚。

那神情，我终生难忘。

因为我也曾亲手杀死自己的妻子，尽管彼此情况不同。

随后，杨玄琰朝我砍杀。

这男人本领非同小可，剑法十分熟练。

不过，若论射飞剑，我当然也有两手。连杀妻的事，我都干过呢。

我闪身躲避，随之掷射出短剑。

短剑直接刺中杨玄琰的咽喉。

即便如此，杨玄琰还三度向我挥砍。

当他打算第四度挥剑砍来时，终于吐血倒地而亡。

真是骇人的男人。

我僵立在原地，动弹不得好一会儿。

然而，说是好一会儿，其实时间极短暂。

这期间，屋内骚动了起来，由于感觉有人即将赶到，我便跳窗逃走了。

当时不知出于何种因由，我抱着第二个孩子——我和女子所生的男孩逃跑了。

此后的事，高力士啊，你也都知道了。

杨玉环以下，杨玄琰的子女，均由叔父杨玄璬收养，当作自己的孩子抚育成人。

当然，谁也不知道，杨玄琰亲手杀了自己的妻子。

窃贼潜入房里，意图凌辱妻子时，杨玄琰赶到房内，想斩杀窃贼，却反遭其所杀——事情变成这样了。

即使如此，由于怕传出去有碍名声，据说对外宣称，两人分别病殁了。

杨玄璬之妻生有四名子女。

是一男三女。

对玉环来说，他们等于是堂兄姐。

兄长名为杨铦。

三位姐姐后来被称作韩国夫人、虢国夫人、秦国夫人。

玉环则排行第五，被抚养成人。

总之，这是玉环投靠叔父杨玄璬的真相。

我也不是一直紧跟着玉环。

毕竟我也得谋生。

话虽如此，有时我会去杨玄璬那儿，见上玉环一面。

说是见她，当然不是上前自报姓名，而是从远处悄悄注视着她。

后来，我远走他乡，多年没能再回到蜀地。

我去过长安数次，也到过洛阳。

接着，我回到蜀地——不，说回到蜀地，感觉怪怪的。对我来说，长安、洛阳、蜀地都一样，一如他乡。我并不曾在任何土地上生根。因这世间已没有让我落地生根的地方了。

只是女儿玉环凑巧在蜀地，所以我才随口用"回到"这种说法吧。

这事不重要。

总之，我十分期待回蜀地见玉环一面。

然而，待我回来之后，每次见到玉环时，她总令我惊讶不已。

高力士，想必你也清楚，那就是杨玉环的绝世美貌。而且，每一回见、每一回再看，玉环便增添几分美艳。

我还担心杨玄璬那家伙，不知何时会对玉环下手呢。

当事人应不知情，但杨玄璬终究不是玉环叔父，玉环也非杨玄璬侄女。

就是从那时开始的。

我心中暗自思量一件事。

如果玄宗见到这样美艳的玉环，大概会想一亲芳泽吧。

玉环越来越美丽，我内心的念头也越发强烈。

有时，我会认为，这事不可能办到，但下一回时，却又认为并非不可能。经过内心多次如此的对话，我终于下定了决心。

于是，我改变眼眸的颜色，以道士身份亲近杨玄璬。

刚巧杨玄璬也信奉道教，对我而言正中下怀。

至于详情，且按下不表。

因你和我，再都活不久了。

总之，我设法不但让自己可以自由出入杨玄璬宅邸，也让玉环进宫去了。

我野心勃勃，想让亲生骨肉玉环生下皇子，继承我的血脉，也成为大唐皇帝。

不过，再怎么说，我还是不想将女儿送给玄宗本人。

所以我将目标放在武惠妃之子寿王身上。依我的看法，总有一天，寿王会成为下一位皇帝。

然后，玉环会为寿王生子。

如此，我的外孙，将会成为下一位大唐皇帝。世上还有这样的复仇吗？

所以，我隐身背后操控，向次相李林甫、黄门侍郎陈希烈等人鼓吹，让玉环成为寿王的婢女。

就这样，开元二十三年玉环奉召，成为寿王婢女，我也以道士身份，随玉环入住长安。

然而，要让寿王成为继位天子，有些人还很碍眼。

高力士，你也十分清楚。那些人就是赵丽妃与其子，也就皇太子李瑛。李瑛的背后，则是科举出身的张九龄。张九龄希望李瑛继位成为天子。

然而，这些人由于谋反而失势了。

李瑛被杀，张九龄被流放荆州。

唉，高力士，你觉得怎样？

就像我亲手杀了妻子一样，玄宗那家伙也亲自下令，杀了亲生儿子李瑛。

什么？高力士。

我为什么流泪？

怎么可能。

我根本没哭。

我是在笑啊。

毕竟，那一切都是我指使的。是我煽动他们暗藏的谋逆之心，同时让皇上疑心生暗鬼。

事情一如我所期望的。

既然如此，我何必落泪呢？

没人可阻挠我了。

我一厢情愿地认为，寿王将顺理成章当上皇位继承人。

却没想到——你竟坏了我的好事。

高力士，你别怕。

我并不是说，因此要对你怎样。

如果我对你怎样了，今天就再没有人听我说话了。

当时，就是你坏了我的好事。

哎，当时你大概也很仓皇失措吧。

因为棘手的张九龄虽已除掉了，其后却有个李林甫在扩张势力。

一旦寿王登基，与武惠妃勾结的李林甫，力量便会强大起来。

谁知就在此时，武惠妃竟然死了。

死讯突如其来。

高力士，如何？

关于此事，我虽然没仔细调查，但应该是你干的吧？是你杀了武惠妃吧？

算了。

你不用回答也行。

我就认定是你干的好事。

好吧。

总之，武惠妃死后，你决意扶植忠王李玙为皇太子，而不是寿王。若非你向玄宗献计，另立李玙为新任储君，则皇太子便非寿王莫属了。

当时，我也陷入迷惘之中。

我只有两条路可走。

一是杀了李玙。

另一条则是杀了你，高力士。

然而，我并没选择这两条路。

两者皆非，我选择了第三条路。

那就是和高力士你携手合作。

当初为何做此决定，至今我还是不得其解。

高力士啊，人，真是不可思议的东西。

我如此憎恨玄宗，结果，却打算奉上亲生女儿玉环。让她投入那男人怀抱，彼此岁数还相差一大截。

我真是疯了。

野心、奢望令人疯狂。

一旦得知将到手的大位快飞了，任何人都会更加想拥有它。

不知不觉中，我竟忘了复仇，而费尽苦心在让我的外孙成为皇帝一事上。但也可以说，那正是复仇。

寿王当不成皇帝了。

我认为，即使暗杀掉李玙，皇上也绝不会让感情已冰冷的寿王成为皇太子。

而要把女儿送给李玙，那又谈何容易。

虽说是皇太子，但单凭那样的势力，也不可能从寿王身边夺走玉环。

既然如此，索性……当时我心里如此想。

啊，高力士呀，为何当时我脑海突然浮现那样可怕的念头？如果当时没有那样的念头，今天我也不会如此与你相对而坐了。

玉环也不会在马嵬驿遭遇那般下场吧。

可是，如今再怎样悔恨，也不能重新来过。

这个我十分明白。

虽说明白，但还是会如此想。

至今为止的人生，我不知想过了多少回。

啊，如今说这些也都没用了。

总之，不知何时起，我的复仇之心已被野心所取代。

我认为，只要能实现我的野心，就算把玉环嫁给皇上也无妨。

我决心这样做！

那以后，我到底做了些什么，你应该都很清楚吧。

然后，事情就演变成如你所知的那般了。

只是，我也有意想不到的失算。

那就是，我的女儿玉环并未能替皇上生下孩子。

原因出在玉环无法生育。

当我逐渐知道玉环不能生育这件事之后，我比以往更加憎恨皇上了。

皇上每晚恣意搂抱玉环，可是，总有一天他会先一步撒手人寰。

玉环才过四十岁，皇上可能就已经死了。

那时，还有什么足以救赎玉环的呢？

任何救赎都没有！

到了那时候，要说有什么可以让她获得救赎的，就是流着皇室血脉的皇子。只要生下皇子，或许还有扭转的余地。没生下皇子的话，皇上一旦驾崩，玉环大概马上会遭继位的皇帝赐死吧。

高力士，这道理你应该也十分清楚。

所以，那时浮现在我脑海的，就是大唐王朝的毁灭。

既然不能得手，就让此王朝本身消失于人间吧。

我暗中思量，如同大唐毁灭我们高昌国一样，我也要摧毁大唐。

光杀死皇上不足以成事。

即使皇上死了，也会有其他皇子继位。

于是我开始撒下种子。

在你高力士心中，撒下种子。

然后，在杨国忠心中。

然后，在安禄山心中。

在宫里形形色色的人心中，撒下种子、点上火苗，栽培化育。

高力士，你懂吗？

即使撒下种子、点上火苗，我再如何使力，也不能在无机可乘的地方煽风点火。

方才也说过，我所做的，只是在每个人内心中本已暗藏的东西上点火、培育而已。

呵呵。

结果变成怎样了？

咯咯咯。

你变成怎样了？

哈哈哈哈。

当今皇上变成怎样了？

这些你再清楚不过了。

【十一】

唉，晁衡大人，黄鹤的可怕告白就这样结束了。

语毕，黄鹤用濒死般的目光，一直凝视着我。

接着，是一段长长的沉默。

在房里，我和黄鹤默默对望。

如今，我已不再憎恨他了。

也对自己的性命毫无眷恋，只有一股深沉的哀伤浸渍着我。

人，是多么愚蠢、多么可怜的生物啊。悲哀这东西，竟一视同仁地同时侵袭着黄鹤和我。

再也不能说，谁对或谁错了。任何人都错，任何人也都对。所谓人，就是这么回事吧。

想不到悠悠岁月如斯逝去。

手握权柄的皇上，会比天下人都幸福吗？时时刻刻穿戴华服丽饰，被众多婢女、宦官服侍的贵妃，她生前真的很幸福吗？

幸或不幸，无法用身份高下或权力有无去揣度。

我们为了多少私心任性的事，而庸碌地活了过来呢？又把多少人逼入绝境了呢？

啊，一切都是一样的。

此刻在我眼前的黄鹤，也是一样的。

黄鹤也为了无尽的憎恨哀伤，而虚度了一生。

为了愈合哀伤，结果所做出的行为，竟只带来了更大的哀伤。

我这样想的时候，不由得对眼前这位满布皱纹、干瘪如猴的老人，涌出一股压抑不住的爱怜。

仔细端详，说完这番话的黄鹤，看上去比实际年龄还老上许多。

站在我眼前的，不过是个寒酸的老人。

"玉环……"黄鹤喃喃说道，"你在石棺中醒来时，是何等难受、何等害怕啊！此时，我全明白了。把你挖掘出来时，攻击我们的妖物们，都是你的恐惧情绪，因我所下的咒变幻而来的。"

我拼命睁开因眼翳而模糊的双眼。

"黄鹤啊……"

我呼唤着。

"黄鹤啊……"

啊，黄鹤啊，黄鹤啊。

一遍遍呼唤他的名字，然后再也说不出其他的话来了。

我只是不停地呼唤着他的名字。

"黄鹤啊……"

黄鹤用他浑浊的双眼凝望着我。

我的眼睛涌出温热的东西。

泪流满面。

"黄鹤啊……"

我一边哭一边喊着他的名字。

"我的兄弟啊……"

"我真的爱你呀……"

我如此喃喃自语。

一瞬间，黄鹤用惊讶的目光望向我。

灯台烛火，在黄鹤皱纹深刻的脸上通红地摇曳。他的眼睛映照出火红微光。

"高力士啊……"

黄鹤嗫嚅道。

那声音温柔得出人意表。

"你竟说我是你的兄弟？你竟说你爱我？"

我看见黄鹤唇边闪现淡然的笑意。

黄鹤任由眼中垂下泪珠，直看着我。

"高力士啊……"

"高力士啊，高力士啊，我失去杀你的气力了……"

"即使不杀你，你这条命也不长了……"

"应该是吧。"

"恐怕无法撑到长安了……"

"我知道。"

"就此打住吧。"

"也是。"

"你就在此一死吧。"

"嗯。"

我坦然地点了点头，同意黄鹤的说法。

"人，总有一天会死在旅途中，这是命。"

"高力士，你放心吧。"

"放心？"

"我也快死了。你先走，等我来——"

"等你来？"

"我有一件事还没办好。"

"还有一件事？"

"我必须为自己的所作所为善后。"

"什么事？"

"你最好不要知道。"

一缕幽魂般，黄鹤缓缓起身。

他弯腰驼背地向窗口走去。

"你去哪儿？"

我在他身后追问。

"去我的葬身之地……"

黄鹤嗫嚅说道。

"葬身之地？"

"是呀，说到葬身之地，早注定在那里了。葬身之地……"

黄鹤手倚窗台。

"高力士……"他背对着我，呼唤道。

"什么事？"

经我追问，黄鹤沉默了片刻："真是高兴……"

低沉的嗓音传了过来。

我看见黄鹤的肩膀微微颤抖。

"黄鹤……"

正当我呼唤他时。

"后会有期。"

刚听他说了这么一句，便看见他穿窗离去了。

"黄鹤。"

我仓皇起身，步履蹒跚地赶至窗边。

我在心中呐喊——别走！

黄鹤，别走！

不要丢下我一个人。

我身边再也没有任何人了。

贵妃、皇上都……

从窗口向外望去，只见黑暗的夜色中，一轮西斜明月，微弱地映照在庭院草地之上。

看不到任何人影。

很长一阵子，我定睛凝视黑暗中的夜色，宛如探看自己内心深处。

真是高兴——黄鹤临走前，留下了这句话。

晁衡大人。

黄鹤所说的高兴，究竟是什么呢？

是两人今晚的长谈？

不。

我知道答案。

黄鹤所说的，是我们彼此共度的这段时光。

我十分明白。

那过往的日子。

绚烂不已的岁月。

黑暗中，依稀可见那场宴会的盛况。

李白作诗，皇上谱曲，李龟年歌唱，贵妃起舞的那场宴会。

晁衡大人，你也参加了那场宴会。

连当时的乐音，似乎都还回响在我耳际。

那段梦幻般的过往。

安禄山之乱时，远走蜀地避难的事。

在马嵬驿途中所发生的事。

华清池的前尘往事。

如今，一切都已成为一场空梦。

晁衡大人。

人，是何等愚昧的生物啊。

出于此愚昧的因由，人又是何等令人爱怜的生物啊。

"黄鹤……"

我也对着黑暗喃喃自语。

"真是高兴啊……"

此话随风消融于黑暗之中，随即消逝在夜的彼方，一如往昔的
日子。

晁衡大人——

这是我最后想对您说的话。

两三天内，我将走上黄泉之路。

而您也无法回到倭国，成为必须在唐国终结一生的人了。

我则是思念着遥远的长安，却在这偏僻的朗州，不得不结束罪
恶一生的人。

如今我所担心的是，在华清池失去踪影的贵妃。

她还在人世吗？

她和白龙、丹龙，还在大唐某处一起生活着吗？

黄鹤临走所留下的话，是否与此有关呢？

人毕竟无法在得知所有自己所在意的事件的答案之后，才踏上黄泉之路。

一如黄鹤所言，不论何时撒手，终归都是在某事的旅途中死去的吧。

人都是怀抱着种种担心、遗憾，而突然于某日、在某事的旅途中结束生命的吧。

何况你是远自倭国而来，羁旅于此的异国之人。

你该会多么怀念故国山河啊。

说来，我是来自遥远的岭南之人。

幼时即被去势，为岭南讨击使李千里所买下，献给则天武后。

此后，我成为宦官高延福的养子，改姓高。

能够出人头地，至今我仍不敢想象，而深入牵连大唐王国的秘密，更是当时的我所始料未及的。

灯火已愈来愈微弱。

一如烛残灯枯，我这条命也快要走到尽头。该是搁笔终卷的时刻了。

晁衡大人，此信交付到您手中时，我恐怕早已不在人世。

我想，或许您也可能收不到这封信，祈愿敬祷，此信能顺利交到您手中。

　　　　　　　　　　　　　　此致　晁衡大人

　　　　　　宝应元年三月　高力士 谨志于朗州

58

【十二】

关于高力士之死，《旧唐书》曾如是记载：

> 宝应元年三月，会赦归，至朗州，遇流人言京国事，始知上皇厌
> 代。力士北望号恸，呕血而卒。

所谓"厌代"，是指天子驾崩。

高力士享年七十九岁。

流放巫州期间，曾残留以下诗作：

> 两京作芹卖，
>
> 五溪无人采。
>
> 夷夏虽不同，
>
> 气味终不改。

第三十四章 荔枝

【一】

惠果端坐在护摩坛前，一直在念咒。

惠果的唇舌动个不停，一整天几乎未曾稍歇。

偶尔因进食、排便、睡觉才会起身，其他所有剩余时间都在念咒。

仅在惠果起身退席时，才由他人代替惠果念咒，但十分短暂。

以惠果为中心，左右坐着帮惠果念咒的僧侣——志明和凤鸣。

护摩坛中央设有火炉，炉内火焰燃烧不绝。

火焰之中，不断投入写有咒语的护摩木片。

惠果两颊瘦削，任谁都看得出来，仿佛刀剜一般，脸庞已塌陷下来。

尽管眼窝凹陷，眼眸中的黄色瞳孔却炯炯有神。

房内弥漫着一股怪异的臭味。

腐肉所散发出来的臭味。

火焰味夹杂着腐肉味，变成了令人难以忍受的臭味。

腐肉放在护摩坛彼方，大日如来佛像面前。

肉块分量极多。

约莫一个成人重量的牛肉。

牛肉外观黑青，膨胀鼓起。

那并非仅是生肉腐烂了的颜色。

腐肉上也隐约映照着护摩坛的火焰，但可看出其表面在持续变化着。

牛肉表面以缓慢速度隆起。隆起的牛肉表面，水泡般瞬间膨胀，随即分裂。

然后，怪异臭味自裂缝飘出，消融在空气之中。

真是骇人的景象。

更骇人的是，牛肉上层湿漉漉的，似乎涂抹了血液。

映照着火光的血液表层，正扑哧扑哧冒着小水泡。

小水泡看似沸腾一般。当然并非如此。

不知何人对牛肉下了咒，才发生如此现象。

惠果也是头一回目睹"咒"变成此等模样。

牛肉堆上贴着一张纸条。

上面写着：

"大唐永贞皇帝"六个字。

其实，不仅如此。

牛肉内还有看不见的东西，正是顺宗的毛发。

说得更清楚些，牛肉上面涂抹的血液，正是出自顺宗。

为了把对顺宗所施下的咒，完全集聚到牛肉上，惠果才采取这样的做法。

惠果念咒的嗓音低沉响起。

他既没额头冒汗，也没咬紧牙关地进行仪式。

不论身子或嗓音，均未特别施力。

惠果只是淡然地念着咒。

冷不防——

后方传来呼唤声。

"惠果大师……"

声音的主人静静地唤道。

惠果身后立着一位随从。

"皇上的御膳备妥了。"那男人说。

然而，惠果却没刻意响应。

更没瞧看对方一眼。

扬声呼唤的男人，不待惠果响应，便径自将御膳送至牛肉块前。

呈上的御膳，有粥、肉、菜、鱼等。

这也是为了使对方认定牛肉块就是顺宗，而采取的一种做法。

绝非顺宗的这一团肉块，众人都以"顺宗"视之，仿佛他本人便坐在此处，他们在为此肉块效命。

所以，众人均称此肉块为"皇上"，一到用膳时间，便以侍候顺宗的方式，将御膳送至肉块面前。

真正的顺宗正在邻房。

惠果额头上浮涌汗水，仰躺着诵念孔雀明王真言。

顺宗脸上，用小字写了不计其数的名字。

陈义珍。

黄文岳。

张祥元。

白明德。

刘叔应。

林东久。

这些人的名字写得密密麻麻，几乎看不到肌肤了。

耳朵、耳穴、鼻子、鼻孔。

指尖、嘴唇、眼皮。

如果脱下衣服，身上大概也用小字写得密不透风，比脸上多得多吧。

总之，这些做法全是为了让顺宗佯装成别人。

是为了回避对顺宗所施的咒，让咒集聚在牛肉上。

只是，众人都不知道这到底要持续到何时。直至今天，一直进行着类似的仪式。

到底持续到何时？答案不得而知——

若是不知道答案，只会愈来愈劳神伤身。

不仅顺宗和惠果，其他人的神色也更加疲惫了。

惠果尤其显得衰弱。

肉体的衰耗更胜于顺宗。

仿佛惠果削减了自己的部分生命，交给顺宗。

"咒"，本来就是这么回事。

也可以说，操纵咒术，就是在耗损自己的生命能量。

惠果为此咒法，拼了命似的全力以赴。

送来膳食的人已退下，此处又仅剩惠果、凤鸣、志明三人。

三人念咒的低沉嗓音交相重叠，令人以为整个房间都在念咒。

此处建构出一种怪异的空间。

此时，疑似悲鸣的高亢声音传来。

声音来自邻房。

不知是谁在邻房发出哀鸣。

"皇上。"

随后，听到呼喊顺宗的声音。

"皇上。"

"你要做什么？"

"皇上！"

"皇上！"

呼喊声愈来愈大。

不久，顺宗走进惠果念咒的房间。

衣着凌乱，披头散发，脸颊长出杂乱的胡子。

怎么看也不像是大唐天子。

顺宗身子东倒西歪、踉跄而行，四周侍从想上前扶持，他却发出野兽般的叫声，甩开侍从伸出的手。

顺宗唇边咕噜咕噜冒出细小泡沫。

与此同时，野兽般低吼、呻吟的声音，不时自顺宗唇边流泻。有时，还呼呼地粗声喘气。

此时，惠果首度停下念咒。

凤鸣、志明两人也闭了嘴。

惠果扭转过头，望向顺宗。

接着叫了一声：

"皇上。"

然而，顺宗似乎没听见惠果的声音。

步履蹒跚，继续朝护摩坛走去。

"咯咯……"

"嘻嘻……"

"嘎嘎……"

顺宗低声狞笑着。

"凤鸣。"

惠果呼唤来自吐蕃、在青龙寺修行的凤鸣。凤鸣默默起身。

他跨步走到顺宗面前，正打算伸手搭在顺宗肩膀时，"呼噜噜……"顺宗喉咙深处发出声音。

然后，顺宗竟变成狗的模样，趴在地板上。

他嘴唇掀起，露出污黄的牙齿。

一瞬间，顺宗突然移动了身子。

方才步履蹒跚的模样，一如谎言般令人难以置信，顺宗四肢落地，竟在地板上奔驰，迅速跳跃至护摩坛前面。

然后，向涂抹有自己鲜血的牛肉扑奔过去，咬住散发出腐臭的肉块。

牙齿贴在牛肉上，咬噬撕碎，吞入肚内。

嘎吱嘎吱作响。

情景十分诡异。

顺宗身影，宛如饥不择食的下流饿鬼。

"是时候了——"

惠果喃喃自语，这回，他也站起来。

惠果制止凤鸣挨近顺宗，说道："我来。"他便自己跨步走向顺宗。

顺宗全身搂贴牛肉，正狼吞虎咽着。

惠果走到顺宗跟前，停下脚步。

"真是悲惨啊，皇上……"

语毕，惠果弯下身子，向顺宗伸出左手。

结果——

顺宗扑向惠果的左手，出其不意地朝手背咬了下去。

惠果却没叫出声。

他用温柔的目光凝视顺宗，任由顺宗啃噬自己的手。

惠果淌下两道泪水。

"没关系，您放心吃吧。"

惠果慈爱地说。

"人的心中，本来就有这样的禀性。正因如此，您才会中咒，也正因如此，人也能成佛……"

惠果一边说，一边把右手贴在啃咬他手背的顺宗后脑上。

"现在，我让您舒服一点。"

惠果呼出一口气来，右手轻按顺宗后脑勺。

瞬间，顺宗伏卧在地。

"皇上……"

众随从赶忙上前，顺宗已在惠果脚下蜷曲成团，静静地打呼酣睡了。

【二】

空海在西明寺自己的房里。

自方才起，他便坐在靠窗的书桌前，一直奋笔疾书。

橘逸势孤零零地坐在空海斜后方，一种略带不满的神情挂在脸上。

自窗边望去，庭院春色一览无遗。

槐树新绿摇曳，牡丹也开始绽放。

西明寺是长安屈指可数的牡丹名胜。

由于牡丹花季里，西明寺也对一般人开放，所以赏花客应该很快便会把此地弄得热闹异常。

"喂……"

逸势自空海身后唤道。

"方才起，你一直在写些什么？"

"种种事。"

空海头也不回地回应。

他说话的口吻，听来有些喜不自禁。

"种种事，是什么事呢？"

"就是种种事啊。"

"光说种种事，我怎么听得懂。"

逸势闹别扭地回应。

然后——

"原来如此。"

空海在书桌上搁笔，终于特意转过身来。

"原来因为我不理你，所以你觉得很无聊。"

空海嘴角浮现一抹笑意。

"才、才不是这样。"

"那，不然是为了什么？"

"我是要你告诉我，你在写些什么。你却故意卖关子不肯告诉我。"

"我没有卖关子。"

"那，你说说看。"

"我该怎么说呢？"

"你在写的是什么？反正，大概是和这次的事有关吧。"

"没错。现在刚好写完了。我写的是乐器。"

"乐器？"

"就是要带去华清池的东西。"

"要带什么乐器去呢？"

"编钟、编磬、鼓、瑟等。"

空海将方才奋笔疾书的纸张递给逸势。

逸势接过一看，上面果真写着乐器名。

编钟、编磬、鼓、瑟、琴、笙、排箫、篪。

"其他的，我还打算凑齐五弦月琴、十弦琴等。"

"包括昨天你咐吩赤的那些吗？"

"是的。不仅乐器，似乎还需要搭配的衣裳等。今天我又重新誊写了一遍。"

"我还想召集会使用胡国乐器的人。"

"不仅乐器，食物也要考虑。这样就得招募会做胡国料理的人，还要准备琉璃酒杯、葡萄酒。因为怕忘记，所以才写了下来。"

"你也会忘记？"

"不，不是怕自己忘记，是要让负责收集的人记住。"

"负责收集的人？"

"总之，待会儿赤来了，我就拜托他去收集。皇上遭逢困难的时刻，不方便公开收集这种器具，所以必须秘密行事。"

"何时、何地、如何成行，我把一切安排都写下来。"

"你是说，要办一场宴会？"

"嗯。"

"你也说过，要在华清池举行。"

"对，我说了。"

"做这件事到底和这次的事有没有关系，我还是搞不清楚。"

"逸势，你放心。老实说，我也不太清楚，我只是觉得该这么做。"

"咦？"

"守护皇上的方法，并非仅限于对抗妖魅吧。"

"你的话，我还、还是听不太懂。"

逸势回应。

空海展颜一笑，随后喃喃自语般说道：

"可是，太慢了。"

"太慢了？"

"赤来得太慢了。"

空海话刚说完，外面便传来大猴的呼喊声：

"空海先生。"

"怎么了？"

“赤先生来了。刘禹锡先生也一道来了，很焦急的样子。”

“快请他们到房里来。”

空海语毕，不久，赤便出现了。

刘禹锡站在赤的身旁。

脸色欠佳。

“怎么了？”空海问。

“我替柳宗元先生传话来了。”刘禹锡回应。

文人出身的刘禹锡，是柳宗元的好友。现在，两人同在王叔文手下共事。

刘禹锡和赤一道出现，难道发生了什么特别的事情？

“传什么话？”空海开口问。

“昨晚，皇上仿佛精神错乱……”

“唔……”

“惠果和尚虽也设法帮忙，却说危险时刻或许即将来临。”

“危险时刻？”

“皇上和惠果和尚都很危险。”

“唔。”

“他没告诉我详情。请您见谅。这件事若传出宫外，后果将会很严重。”

“我知道了。”空海点了点头。

他心里十分明白，攸关大唐天子生死之事，岂可轻易泄露风声。

“那，我这边也要赶紧行事了。这些器具，请您安排。方法由您决定。”

空海将逸势手上的纸张，及书桌上搁着的纸片，一道交付给赤和刘禹锡。

“知道了。”

刘禹锡颔首致意，却满脸不解。

他不明白，在这种时刻，空海为什么要筹办宴会，还要召集这么多乐师。

不过，这些疑问却不能明说。

“请您代我向柳先生问安。我这边也会尽力而为。”

空海语毕，赤和刘禹锡同声说道：

“告辞了。”

两人立即离去。

【三】

空海和逸势离开西明寺，走在路上。

大猴也久违地同行。

最近大多留守在西明寺的大猴，语带兴奋地说：

“好久没和空海先生出门了，真是高兴。”

一行人向西行，漫步在春日的喧闹之中。

在街坊中走动的人们，谁都不知道宫里正在发生什么事。

因阿伦·拉希德这件事而死人的案子，虽曾喧腾一时，但从长安这百万人口的城市看来，也不过就是部分人茶余饭后的传闻罢了。

无论任何事件，均将被吞没进此大城市内部，然后失去踪影。

宛如亲身体验此巨大城市所具有的伟大机能，空海脸上浮现憨笑，深呼吸地走在路上。

"空海，我们到底要去哪儿？"

逸势问道。

因逸势还没听到空海说出目的地。

刘禹锡和赤告辞。

"我们也走吧。"

空海如此说，随即起身。

"走？"逸势反问，接着又问，"去哪儿？"

"去了就知道了。"

空海要逸势起身，自己跨前一步后，再度回头。

"对了，大猴，你也一道去吧。"

语毕，空海催促逸势，离开了西明寺。

"去西市。"空海说。

"去西市做什么？"

"我心里有个打算，想去找个东西。"

"什么东西？"

"荔枝。"

"荔枝？"

所谓荔枝，是南方采收的果实。白色果肉呈半透明状，味甘甜。属无患子科常绿乔木，是雌雄异花。树木可高达十米。

蜀地虽也出产荔枝，但离采收期尚早。

"现在荔枝能弄到手吗？"

"所以才要去西市啊。总不能每件事都托赤去办吧。"

西市人声鼎沸，一片嘈杂。

众多店家在此摆摊。

空海有如识途老马，漫步在鳞次栉比宛如迷宫般的店家之间。

"喏，就是这儿。"

过了一会儿，空海登步，立在毛笔店门前。

店头陈列着大大小小的毛笔，店内有个白发老人。

"这不是空海先生吗？"

老人先扬声召唤。

"好久不见了。"

空海脸上浮现笑容，向老人打招呼，说道：

"李先生，这位是我常提到的橘逸势。"

逸势介绍完，再介绍大猴。

"逸势，这位是来自蜀地的李清水先生。在长安，像李先生这样擅长制笔的人很是罕见。"

空海语毕，老人满脸笑得皱成一团，说：

"不是很罕见，是绝无仅有。"

"李先生教了我各种制作毛笔的技法。"空海向逸势解释。

"那，空海先生今天大驾光临，有何贵干？"

"我有件事，非先生帮忙不可。"

"噢，什么事？"

"你可不可以帮我找到一些荔枝？"

"荔枝？！"

"是的。"

"这——很难哪。"

"所以，才来请托先生啊。"

空海若无其事地回应。

【四】

"说到荔枝，还得再有一个月才会运到长安。即使运来，数量也很少。"

"应该是这样吧。"空海点了点头。

就算南方采收了荔枝，也有距离上的问题。

果实采收后，光是不让它腐烂而运至长安，就要大费周章。

"即使弄得到手，也要花不少钱。"

李老人思索某事一般，瞄了空海一眼。

沉默片刻后，突然又说：

"我不能打包票。"

"当然。"

"我只能说，尽力而为。"

"这样就行了。"

"我去几处可能得手的地方问问看。要是荔枝已运到长安了，就可能弄到，要是还没运来，即使是我，也没办法哪。"

"您知道可能有的地方吗？"

"知道是知道。长安的有钱人家，每年均竞相抢食荔枝。这时，有人已在收购途中，也有人舍蜀地、远赴南方收购去了。运气好的话，其中某人的货或者正好在此时运到长安了。"

"不过——"

"不过什么？"

"量太多可就没办法了。"

"是。"

"而且还要花不少钱。"

"我知道。"

"因要从货物中偷偷挪出若干——"

"是的。"

"必须货已运到长安，才有可能办到。"

"我明白。"

"那，何时想要？"

"最迟三天后一大早。"

"三天后？"

"很抱歉。由于时间紧迫，所以才来请托先生。"

"嗯。"

李老人抱着胳臂沉吟道。

"那，总之，三天后的早上请人到这儿一趟。要是拿到手了，就交给他。"

"应该是个叫作赤的年轻人会来这儿。"

"是吗？"

李老人点了点头，继之对空海说：

"荔枝弄到手，我也要向您请托一件事。"

"什么事？"

"虽然我不知道您现在在忙什么，但要是事情收拾妥当了，请您务必陪我下盘棋。"

"在下乐意奉陪。"

空海微笑点头应允。

【五】

离开李老人家，空海和逸势漫步街头，走在杂沓的人群中。

大猴亦步亦趋跟在两人身后。

迎面而来的行人，看到鹤立鸡群的大猴，莫不讶异于他的庞大身躯，而让出路来。

托大猴的福，空海和逸势举步都很轻松。

"不过，空海，这样妥当吗？"

逸势边走边问。

"什么？"空海反问。

"荔枝的事。弄得到手吗？"

"可以到手。"

空海爽快地回答。

"李先生不是说他没把握吗？感觉似乎蛮难的。"

"要是不行，李生先一开始就会说不行。"

"可是——"

"他那样讲，就是说，应该可以弄到手。虽然他没打包票。"

"是这样吗？"

"李先生是南方人。跟蜀地、南方颇有渊源。即使现在，他对那边的事还是了如指掌。"

"话虽如此，荔枝不是季节性果实吗？就算李先生对南方再熟，也不能送来还没成熟的荔枝吧。"

"比蜀地更南方，您觉得如何？"

"更南方？"

"他不是说过，长安那些挥金如土的有钱人家，竞相抢食荔枝吗？"

"他是说过，那又怎样？"

"逸势，老实说，李先生就是这类有钱人家。"

"什么？！"

"李先生所说的有钱人家，也包括他自己。"

"李先生是有钱人家？"

"没错。"

"那，他为什么在那儿卖毛笔呢？"

"制笔是他的嗜好。他不是为了赚钱才卖毛笔的。"

"也就是说，李先生自己每年都抢食荔枝？"

"没错。他常派人运荔枝到长安。"

"听李先生的说话语气，荔枝虽然还没运到长安，但可能已在途中了。"

"他不是说要花不少钱吗？"

"那是一定的。万一自己那边来不及，他打算向先送至长安的某人调货吧。那样就要花钱了。"

"原来如此。"

逸势钦佩地点了点头。

"空海先生结识的三教九流真不少哪。"大猴从后方说道。

"因为空海先生蒙人的手段一流。"

"我会蒙人？"

"空海先生。"

"什么？"

"比起倭国，或许空海先生更适合待在这边。"

"长安吗？"

"是的。我觉得，倭国对空海先生来说太小了。您没必要勉强去穿绑手绑脚的衣服吧？"

"那我就这么办好了。"空海回答。

"你是认真的吗？"

惊慌失措的人，反而是逸势。

"空海，你不打算回日本了吗？"

"当然打算回去。"

语毕，空海长叹了一声，又对着天空说：

"不过，我也很想留在大唐。"空海停步，望向逸势，接着说，"逸势，老实说，关于此事，我也很伤脑筋。"

空海用手指搔了搔头，嘴角浮现无法形容的微妙笑容。

"大唐令人感觉舒畅。"

"空海，我也觉得你适合这里。比起关在那蕞尔小国，你待在这里比较……"

说到这里，逸势闭上了嘴。

似乎在寻找恰当的语汇。

"应该比较有趣吧，对我自己来说。"

空海代逸势回答。

"没错。我也觉得比较有趣。比起在那小小的岛国过日子时的你，待在这里的你显得有趣多了……"

逸势声音愈说愈小，突然中断了。

逸势望向空海，说：

"空海。你留在大唐可好？"

"要留下来吗？"

"空海，就这么办吧。"逸势回道。

语毕，逸势突然流下泪来。

泪水顺着两颊滑落。

"空海，你就留在大唐吧。"逸势继续说。

"这件事我还得再想一想。"

空海轻拍逸势肩头，又跨出脚步。

逸势和大猴，追赶在空海身后，也跨步前行。

"逸势。"

空海背对着逸势，向随后跟上的逸势唤道。

"什么事？空海。"逸势回应。

"听说荔枝真的很美味。"空海说。

"好像是。"

"如果弄到手了，你和我一起先尝尝吧。"

"好啊。"逸势点了点头。

三人在西市人群中信步而行。

"不过，空海，万一只弄到两颗，那该怎么办？"

"那就……就你和我吃掉这两颗吧。"

"好吗？"

"没关系。"

"你心里一定怀着什么诡计，想把荔枝弄到手吧。"

"也可以这样说。"

"你到底怀着什么鬼胎？"

"关于这次的事，荔枝，可说是必备之物。"

"为什么？"

"你知道吗？长安有钱人家，为何会在这个时候想吃荔枝？"

"不知道。"

"因为从前有位贵人让它流行了起来。"

"哪位贵人？"

"就是贵妃——杨玉环哪。"

空海这样回答。

第三十五章 温泉宫

【一】

春天的原野，春草滋生。

不久之前还冻得僵硬的大地，如今已被新萌的野草所覆盖。

浮云悠悠，飘荡在晴空之中。

远眺去路，骊山已隐约可见。

昨天早上，告别了长安。

一行十五人。

空海、橘逸势、白乐天、子英、赤、大猴、玉莲、五位乐师和三位厨师。

十五人加上三头载货的马匹，一起前往骊山。

骊山，位于长安东北六十八里处。

当时的六十八里路程，换算成现代的尺度，大约三十公里。如果步行，朝发长安，夕至骊山，需要花费一整天工夫。

"不必急。"

空海决定，两天一夜走完此行程。

长安至骊山途中，会经过浐水和灞水两条河流。

抵达灞水，便打尖夜宿。

今早自夜宿地再出发，此刻，骊山已近在眼前。

空海和逸势，都是第一次来到骊山和华清池。

一行人中，仅白乐天曾来过此地一回。

此刻，白乐天默默眺望着愈来愈近的骊山。

由其神情，看不出他在想些什么。

此时，白乐天官拜秘书省校书郎。

虽说是校书郎，却是个闲差，对自负的文人而言，该不是个满意的官职吧。

相较于白乐天，玉莲看似雀跃不已。

玉莲是胡玉楼的歌妓。

空海和胡玉楼商讨后，她才一同前来骊山。

由于空海曾帮玉莲驱除附身邪物，所以玉莲和胡玉楼对他风评颇佳。

"好久没出远门了。"

玉莲边走边向空海说道。

"我真的帮得上忙吗？"

玉莲似乎不太明白，自己为何会混在此行人中。

不仅玉莲，逸势、白乐天、大猴，及子英、赤等人，也都不明就里。

不，规划此行的空海，恐怕也同样不明白。

"当然帮得上忙。至此，你已经帮了我们很多忙。"

原来，乐师和厨师都是看在胡玉楼玉莲的面子上，才一道随行的。

"到了华清池，只要做你们平常做的事就可以了。"

空海对玉莲等人如此说道。

"玉莲姐负责起舞……"

乐师们负责奏乐。至于厨师——

"就使出你们的本领，料理好吃菜色让大家品尝就成了。"

空海这样对厨师们说道。

然而，此行目的到底是什么呢？

对此，逸势和玉莲似乎也不明白。

被追问的空海，也仅回应：

"不，我也不太明白。"

"不明白也无所谓。只要对空海先生有帮助，宴会又办得宾主尽欢，这样就够了。"

和空海一同出游。

在华清池举办宴会。

光凭这些，玉莲似已心满意足。

同样，大猴也如此想。

"空海先生对此事大概自有考虑吧，我就无所谓了。就算空海先生没任何考虑也行，我一点也没关系。"

大猴如此理解。

终于，一行人来到通往骊山的坡道前。

"空海，之后会发生什么事？"

逸势用日语向空海问道。

"不知道，不知道会发生什么事。"

空海一边跨上坡路，一边答道。

"要是你知道什么事，就透露一点点嘛。"

"逸势，对不起——"空海说。

"老实说，这件事我也还没搞清楚。"

空海微笑回应。

"你自己都没搞清楚？"

"或许会发生什么事，或许不会发生什么事……"

"我没有其他意思。"

"其他意思？"

"我只是想办一场宴会。"

"办一场宴会？"

"没错。"

"而且，只想听听与会宾客们说话而已。"

"宾客？你到底在说谁？"

"不知道，到底会是谁呢？"空海喃喃自语。

往上走着走着，随风飘来一股空海、逸势十分熟稔的温泉味道。

"一场欢宴……"

空海这样说道。

【二】

骊山西绣岭下涌出的温泉，历史久远。

据说，远在秦汉时代即为世人所知晓，现在的温泉涌量每小时还有一百二十五升。温度则高达四十三摄氏度。内含石灰、碳酸锰、硫酸钠等九种有机物质，传闻对关节炎、皮肤病格外有疗效。

此处的"汤泉宫"，是贞观十八年（644年），唐太宗李世民命阎立德所建造的。

温泉宫改名为"华清宫"，则始自唐玄宗天宝六载（747年）。开元二十八年（740年），杨玉环和唐玄宗在此邂逅，此后又经过了七年，才改名华清宫。

华清宫的"华"，意即"花"，指的是"牡丹"。

而所谓牡丹，也就是杨玉环。

温泉宫南侧耸立着骊山西绣岭，玄宗在其北坡和宫殿庭院遍植花木。

当时，栽植最多的正是牡丹，为数大约一万株。

为了栽植变种牡丹，玄宗诏令天下第一园艺师朱单父，来此效劳。

每逢花季，整片斜坡都绽放着牡丹，看似刺绣，因而取名为"西绣岭"。

可以说，华清宫是为杨玉环和唐玄宗精心打造的宫殿。

此处宫殿，不止一栋建筑物。

四周环绕着高大城垣，数栋楼阁、宫殿坐落其内外。

每年十月至翌年春天，玄宗在此过冬。

这期间，此地就是大唐帝国的政治中心。

众多官宦与其相关人员也都随行移住，整个冬天都在此执行政务。

长安政治，几乎原封不动全部搬至华清宫。

骊山附近的各个村落，也群聚着商人和官员。冬季里，长安城的热闹，整个迁移至此。

华清池的建筑，极为豪奢。

以四周环绕的城垣来看，也可说是具体而微的长安城。

北边是正门，津阳门。

南边是昭阳门。

两门之间，建有富丽堂皇的前、后殿。

东侧是玄宗和贵妃的寝宫"飞霜殿"，玄宗御汤"九龙殿"和贵妃专用御汤——妃子汤，又名芙蓉汤，则相隔在两端。

不论玄宗专用御汤九龙殿，或贵妃芙蓉汤，都是石砌而成。

九龙殿宽敞的浴池中，鱼、龙、凫、雁等白玉石像罗列其间。制作石像所用的白玉石材，均是安禄山千里迢迢自范阳（今北京）运来奉承天子之物。

浴池之间，搭设美丽的白玉石桥，汤池水畔则有盛开的白玉石雕莲花。

《明星杂录》记载，每逢玄宗入浴，便出现花朵绽放、雁鸟展翅、龙鱼鳞光闪现的异象。

杨玉环专用的芙蓉汤，也配置了这样的白玉石莲花。

唐代诗人王建所写《华清宫感旧》一诗便如此描述：

贵妃汤殿玉莲开。

传闻，"端正楼"是贵妃梳妆所在，特别为贵妃所建的"七圣殿"四周，则遍植贵妃所钟爱的石榴树。

在华清宫西侧，还有为宫女沐浴所建的十六个"长汤"。

长汤汤屋数十间，遍布美丽花纹的文石。

《明星杂录》记载，以白银颜料涂漆的白香木小舟，在浴池中载浮载沉，就连桨橹也缀饰着珠玉。

更甚者，还有瑟瑟[1]、沉香交叠堆成的东海蓬莱仙山，耸立浴池之

1译注，瑟瑟，美玉名，据传产于西域于阗。

中，此汤殿本身，就寓有神仙世界的象征。然则，安史之乱以后，华清宫便逐渐衰颓了。

代宗李豫时期，一手掌握权势的宦官鱼朝恩，为代宗亡母建造章敬寺时，曾拆卸华清宫"观风楼"，当建材使用。

比空海入唐还晚的后世，也就是黄巢之乱以后，便荒芜得无影无踪了。

晚唐诗人崔橹曾参访此地，作诗凭吊：

> 草遮回蹬绝鸣鸾，
>
> 云树深深碧殿寒。
>
> 明月自来还自去，
>
> 更无人倚玉阑干。

野草蔓生，遮掩石阶。天子御驾铃声，不复听闻。云树深深缠绕，青碧御殿森寒，一切沉寂无声。

明月如昔，兀自来去。再也无人，凭倚白玉栏杆，眺望明月了。

【三】

正面的津阳门，覆满了新生滋长的野草。

空海一行人自此进入华清宫。

跨步进去，是一段石阶。

石阶间杂草蔓生，随风静静摇摆。

野草不似夏日般葱郁冲鼻，而是春天的柔软新绿。

彼处一丛野甘草。

此处一丛繁缕。

春草还不甚繁茂，高度也未及膝。

这儿的景致，予人的印象并非荒凉颓废。

左右并列的汤殿均十分古老，也都滋长着柔软野草。

说是风情，的确是风情。

"景色真迷人哪。"空海说。

"事前没想到竟是如此美景——"

逸势叹了口气，喃喃自语般说道。

前面又是一个门。

空海一行悠然漫步，穿越此门。

右手边，有高耸入云的宫殿。

一眼便看到青瓦屋檐。

青瓦和青瓦之间，虽然长有不少杂草，但应该还不至于到会漏雨的
程度。

梁柱上的朱红颜色，也还残留着。

"没想到，华清宫这样华丽。"

逸势的声音，似乎兴奋难抑。

总之，单单穿过津阳门的内城里，便有宫殿、汤殿、楼阁、城门等
三十余座。

午后的阳光斜斜照入。

梁柱、殿壁上，攀爬着杂草、葛藤。

整座华清宫隐然可见，历经数十年，已逐渐归于自然之中。

搭载的物品连同三匹马，一起搁在津阳门外。

乐师和厨师也留待门外。

此处有一水池，中央有个浮岛，其上搭建了一座桥。

"从前，大概很热闹吧。"

玉莲喃喃自语般说着。

"从这儿望过去，那边就是玄宗寝宿的飞霜殿吧？"

空海立在池畔问道，白乐天颔首回答说：

"没错。"

"白先生，该不是第一回来此吧。"

"第二次了。"

飞霜殿搭建在较高处，自水池登上石阶，便可走到飞霜殿前庭。

"那是九龙殿，那是芙蓉汤——"

白乐天伸手指点解释着眼前的建筑。

"地点要选在哪儿？"

空海向白乐天问道。

"若是追思贵妃的宴会……"白乐天站在池边，放眼四望，说，"就在飞霜殿好了……"

"那，我们去看一下。"

空海率先往前跨步。

左边是水池，空海绕到水池右边。

接着脚踩石阶，拾级而上。

白乐天走在空海身旁，逸势、大猴、玉莲、子英尾随其后。

登上飞霜殿那一刻，"噢。"

最先叫出声的人，是空海。

"这是——"

白乐天站在空海身旁，纹丝不动。

随后登上石阶上的逸势，也低声赞叹道：

"太漂亮了……"

四处开满了牡丹花。

有如怀抱飞霜殿一般，丛生的牡丹盛开着花朵。

没想到数量如此惊人。

绽放大朵红花的牡丹，放眼望去，少说也有上百株吧。

开着白花的牡丹，数量相差无几。

姹紫、嫣红。

其他缤纷多彩的牡丹，也在此缭乱漫开。

玉花、紫水、瑞丽、千香花。

各式各样的牡丹品种，均栽植在此处。

而且，所有牡丹宛如果实般开放，不胜负荷地将花茎折弯。

说是红色，不单单是红色。

说是白色，也不单单是白色。

既有浓郁的红，也有轻淡的红。

即使是浓郁的红，也分别有看似血色的红和太阳西沉般的红。

飞霜殿即耸立在此牡丹花海之中。

"好漂亮……"

玉莲在空海身后自言自语。

五十年之前——

此处，到底举行过何等华丽的宴会？

杨玉环脚履胡人长靴，也曾踩踏过此石阶吗？

穿戴与身体等重饰物的仕女们，曾在此来回走动吗？

如今，此地其人已杳。

唯有来自倭国的留学生沙门空海。

以及橘逸势。

默默无闻的诗人白乐天。

胡人玉莲、胡人大猴、汉人子英。

仅此而已。

石阶之间冒出的野草，随着微风摇曳，成千上万的牡丹花，沉甸甸地摇摆着。

"就这样决定了。"

空海喃喃自语。

【四】

空海、逸势和玉莲三人，鱼贯地走在白乐天身后。

飞霜殿前，如火如荼地准备宴会。

宴会地点一选定，空海便要大猴招呼在外等候的赤、乐师、厨师等人，把马上的物品运来。

"在这附近点上篝火吧。"空海吩咐。

空海让人准备篝火放在四个地方，中央铺上波斯绒毯，四周搁着灯火架。

乐师们解开乐器行李，厨师们动手准备菜色。

趁着空当，空海和逸势由白乐天带路，去探视华清宫内部。玉莲也加入其中。

穿越飞霜殿至浮岛上的石桥，一行人走出西侧。

在这之前，他们已看过九龙殿、芙蓉汤的内部情景。

意想不到的是，芙蓉汤内仍有少量泉水流入，浴池上搭建的白玉石桥，也留下了遗迹。

九龙殿中的白玉石鱼、龙已遭人盗取，消失不见了，但芙蓉汤的白玉石莲花还剩下一半。

看来，窃贼搬运白玉石莲花时，没能全部带走。

看完这些之后，空海一行人才来到此处。

宫女沐浴的长汤，位居西侧。

汤屋共有数十间。

为了能让宫女们同时入浴，浴池建造得十分宽敞。

约莫六十尺见方。

白乐天要大家来探看，一行人才穿过水池来到此地。

"前次没看见内部。"白乐天解释。

此人真是讳莫如深。

说要跑一趟华清宫的人，本来是白乐天。

听他这样说，空海才想到宴会的事。

现在，白乐天正苦心构思名为《长恨歌》的长诗。

此诗是以贵妃——杨玉环和唐玄宗为题材。

白乐天始终无法完成此篇诗作。

为了寻觅灵感，白乐天思量要跑一趟华清宫。

说起来，空海、逸势同白乐天前往马嵬驿，也出自相同理由。

西侧建筑，比东侧倾圮得严重许多。

部分墙壁已剥落，似乎也能由此穿梭入内。

白乐天站在破壁之前，以手抚触即将崩坏的壁面，颦蹙回望空海等人。

"有股奇怪的臭味传来。"白乐天说道。

【五】

那股臭味，空海和逸势也都闻到了。

闻到的那一瞬间，恶臭让人极想别过脸去。

是腐臭味。

显而易见地，那股腐臭是自崩颓的壁间传出的。也就是说，臭味乃是自建筑物中散发出来的。

那样的臭味，不是某一腐烂东西摆在里面而已。臭味十分浓烈。

扑鼻而来的臭味，只有一点点。但可以确知，这是大量臭味极少的一部分。

猜想得出，这一点点臭味的背后，是由多少臭味造就的。

那臭味，不是部分空气之中，微微消融之类的臭味。

而是令人脖后会竖起寒毛的臭味。

"喂，空海——"逸势唤道。

空海望向逸势，随后和白乐天对上了眼。

"进去看看吧……"空海说。

穿过崩塌的墙壁，空海率先走进建筑物之中。

白乐天、逸势紧随其后。

进入建筑物后，宛如埋首腐烂污物中的臭味，立即传至三人鼻尖。

与其说是空气，不如说是固体般的臭气，直接刺入鼻腔内。

仿佛发臭的汁液喷进眼睛一般，逸势闭上双眼，不时用拳头擦拭眼皮。

屋内有些昏暗。

虽说如此，由为照明而设的窗棂、崩塌的壁洞等所透入的亮光，仍依稀可看见内部的模样。

眼睛适应之后，更看到了细节。

脚下，部分崩落的壁面——有土块剥落下来。

前方还可看见，自地面往下挖掘的石砌浴池。

浴池十分宽敞。

上百名宫女当可一起在此入浴。

不知是遭人所盗或运往他处了，将汤殿做成仙界象征的诸多饰物，或别具意义的各色物品，均已烟消云散。

应该耸立在浴池中央，以瑟瑟、沉香交叠而成的东海蓬莱仙山，也杳无踪迹。

通过崩裂的墙壁，自外面射进来的微光，映照在暗淡的汤殿、瓦砾之上。

往昔此处烟雾弥漫的温泉气味，都没有了。大概从泉源引来汤水的汤道，中途毁坏了吧。

此处唯有浓烈的腐臭笼罩着。

三人避开瓦砾，迈步向前。

愈来愈接近浴池边缘，其内部便渐渐映入眼帘。

浴池底部，微微隆起一堆发黑的泥土。四处还有发白的泥土。宽广的浴池，有大半似乎被运入的泥土所覆盖。

　　走在前头的空海，无言地停下脚步。

　　他定睛注视浴池之中。

　　身后小心翼翼走来的逸势，与空海并肩而立。

　　"发生了什么事，空……"

　　刚要唤出空海名字的逸势，突然嗫口不语。

　　逸势站在空海一旁，全身僵硬。

　　比逸势稍晚来到空海身旁的白乐天，似乎也察觉到了。

　　占据数十间汤屋地板的一大半，埋藏在浴池底部的东西并非泥土。

　　那是狗的尸骸。

　　究竟有多少狗尸，被丢弃在此呢？

　　并非一两百只。

　　而是超过一千、两千只——

　　不计其数的狗尸，埋藏在浴池底部。

　　那数量，约有数千只——

　　而且，十分诡异的是，每只狗都没有头。

　　虽说狗头也在浴池之中，却都已从狗身上割下。

　　狗尸早已腐烂，散发出阵阵尸臭。

　　仔细一看，还有牛、马、羊尸，也混杂倒卧在狗尸之中。

　　狗、牛、马尸的部分躯体，不知是被啃掉还是腐烂后肉块剥落，甚至还能见到发白的肋骨或内脏。

　　更令人毛骨悚然的是，狗尸之间还可看见不可胜数的蛇尸。

　　不，不只尸骸，还有活着的蛇，在狗、牛、马尸的肋骨之间钻动，在腐肉里蜿蜒起落。

逸势两排牙齿在嘴里上下颤动，微微发出咯吱咯吱的响声。

不祥的光景。

有人在此地作法下咒。

到底是何种咒术呢？

"是蛊毒……"

空海喃喃自语。

"若非蛊毒，就是类似的咒术，看来，有人在此地下咒。"

原来不仅长安城内，此地也同时进行着某种咒术。

白乐天的双眸，像是凝结了沉重光芒，闪闪发亮。眼球浮出鲜红血管。

"原来臭味是这个……"

白乐天喃喃自语。

"原来是这个。"

他再度说出相同的话。

白乐天瞪着层叠堆积如山的狗尸。

"原来我们所牵扯的事件，就是这个……"

"不错。"空海点头。

"我本来不知道你到底跟什么事件有关。当然，现在也还不知道。不过，原来是这个。"

"你……不，原来我们所牵扯的事件，竟然如此可怕。"

"是的。"

空海再度点头。

白乐天深深吸进一口气，似乎想说些什么，几度张口，却发不出

96

声音。

"空海，到底怎么回事？"

逸势探头望着浴池问道。

即使想别过脸，也无处可别了。

"你早就知道了吧？"逸势说，"你早就知道，此地进行着这种事吧？"

"是——"空海点头，"逸势，你说得没错。"

空海额头上，浮现一颗颗细小的汗珠。

"我事先早就知道这事了。"空海喃喃低语。

"不过——"空海微微摇头，"却没想到事情这样严重……"

语毕，空海紧咬着嘴唇。

"逸势啊——"

"什么？"

"或许，我做了一件不该做的事。"

"不该做的事？"

"就是邀玉莲姐他们来这儿的事。"

"我还好。本来就打算和乐天先生一起到这儿来的。可是，玉莲姐、乐师、厨师这些人却不是。他们是因为我的邀请才来的……"

"或许，这儿比我所想象的更危险。"

"空海——"逸势唤道。

空海紧闭嘴唇。

此时，"空海先生。"白乐天唤道，"请你告诉我们吧。"

白乐天望着空海。

"既然我们都看到这样的东西了。你得告诉我们，我们究竟牵扯进何事了？"

"以前你说过你和皇上周遭正在发生的怪事。"

"是的。"空海点点头。

"那时，你说了。总有一天，时机到了，就会说出来。"

"没错。"

"如今正是时候。"

"现在我们眼中所见的情景，便是与皇上有关的事件吧？"

"是。"

"连杨玉环的事、我们在马嵬驿遇见的怪事，以及这回到华清宫，统统都有关联吧？"

"是。"

"那到底是什么事呢？"

"现在就是你必须说出详情的时候了。"

"而且，我也必须听听你怎么说。"

"虽然不清楚你打算做什么，但今晚你预计进行的事，我会帮忙。即使听过你的说明，我也不会阻止你今晚要做的事。不管你说出什么，我都不打算从这儿逃走。所以，请你告诉我吧。"

白乐天说话的声音愈来愈高亢，随着声调变高，他的心情也随之亢奋起来。

"你得把详情说出来，因为，这或许攸关我的性命。一看到这些，我就明白了。不，不单是我这条命。也或许关系到今天在场所有人的性命……"

白乐天说。

"是的。"

仿佛下定了决心，空海点了点头。

"乐天先生，诚如您所说。你有权利知道我所知道的事。"

空海转向白乐天，与他正面对望。

"如您所说，这是关系皇上生死之事，也是大唐王朝的秘密。此事说来话长，绝非三言两语所能交代，我只挑重点告诉你。"

"拜托你了。"

"不过，要说这事，这儿并非合适地点。让我们先到长汤外面吧。"

【六】

"关于这件事，老实说，除了你、乐天先生，还有一个人我也必须跟她说。"

走到长汤外面，空海说道。

"哪一位？"白乐天追问。

"胡玉楼的玉莲姐。"

空海回话时，逸势突然插话说道：

"喂，空海，这样行吗？"

逸势所说的"行吗"指的是大唐王朝的秘密，就这样告诉别人，是否妥当之意。

逸势的脸上仿佛写着——这不是秘密吗？

"没关系。"空海毫不犹豫地说。

"就算今天在此向玉莲姐说出一切，也不会让事情产生任何变化。"

空海爽快地回答道。

"可，可是，空海，你说得虽然有理——"

逸势脸上流露出自己察觉不到的不满神色。

既是来自日本的留学生身份，却又牵扯上大唐王朝的秘密——在某种意义上，正是逸势引以为豪之处。

来到长安之后，逸势开始变得畏缩，而让他支撑下去的那股意识，正是他自身正卷入旁人所不知道的重大秘密中。

正因为是秘密，才令逸势如此在意。

如今却要随意将此秘密公开——

"我无所谓。因为我是打定主意才来到这儿的。"

逸势焦虑地解释着。

逸势的内心深处，潜藏着自己也说不清楚的念头。

空海望向逸势，微微一笑。

逸势垂下眼皮。

"喂，逸势。"空海说，"这有什么关系呢？"

空海拍了一下逸势的肩头。

"玉莲姐不是多嘴的人。况且此事关乎她的性命。既然邀她来到这儿，如果要她回去，至少也得给玉莲姐一个交代。"

"要让玉莲回去吗？"

"是的，我想，就这么办吧。"

"乐师、厨师也一道回去吗？"

"没错。"

"那——"

"也就是说，只有我们留下来。"空海说。

【七】

"有件事，我想对你说。"空海这样对玉莲开口。

"什么事？你想对我说什么呢？"玉莲一边喘气一边说。因她一直在厨师、乐师之间忙得团团转。

而且，空海呼唤玉莲，她似乎十分高兴。

"说出来之前，请你先看一下。"

"要我看什么？"

因空海的语调一反常态，听得出很认真，玉莲也一脸郑重其事。

"我要怎么做？"

"请跟我来。"

空海带着玉莲往长汤方向走去。

白乐天和逸势已等在那儿了。

【八】

走出长汤之后，玉莲脸色惨白。

本来就白皙的肌肤，看来血色全无，脸上一阵青一阵白。

玉莲手抚胸口，似乎强忍恶心好一会儿。

自是理所当然。

连身为男子的空海等人，也想别过脸去，玉莲突然见到，自是如此反应。

而且，臭味也实在太浓烈了。

即使为了想让玉莲看到那一幕，要空海他们再度进入那儿，也得有相当觉悟。

"空海先生……"

玉莲抬头，望向空海。

"这究竟是怎么回事？"

"我打算向你说的事，跟这个有关。"

"我懂了。我可以听你说明，但这地方您就饶了我吧。就是给我一年薪俸，我也绝不再回到里面。"

"当然。"

空海用眼神示意前方的水池，说：

"那儿有座可看见水池的楼阁。我们一道上那儿去吧。"

如空海所说，水池旁边立着一座小楼阁。

虽然青瓦屋檐长出杂草了，朱红梁柱也已褪色，但四人要在此交谈，空间倒颇宽敞。

"乐天先生也一起过去听我说明吧。"

"好，就在那儿听。"

白乐天也点了点头。

"我无法细说，但会将必要的事全部说出来。"

【九】

空海说到做到，和盘托出。

他巧妙地避开王叔文的可疑之处，细说五十年前安史之乱的因缘，也谈及阿倍仲麻吕——晁衡的信笺，及高力士的手书。

而且，如今永贞皇帝中咒的事，也毫不隐讳地说了出来。

偶尔，白乐天和玉莲也会短暂追问，但几乎都是空海一人独白，他们默默倾听。

"以上便是我今天所能说的。"

空海语毕，好一阵子，白乐天和玉莲都没开口。

大理石砌成的座椅，安置在壁边。

背倚壁面，安坐于此，四人便可近距离对望。

高度及腰的墙壁，其上仅以六根柱子支撑屋宇。

自此放眼望去，可以看到整片池水。

池面吹来阵阵微风，轻抚楼中四人的面颊。

"原来如此。"

最先开口的是白乐天。

白乐天喟然长叹：

"空海，真是为难你了，竟然全部说给我们听。"

他像是下定决心般地点头。

待白乐天短暂沉默后，玉莲开口：

"空海先生，也就是说，向皇上施咒的那个督鲁治咒师，有可能也在此地？"

"是的。"空海点了点头。

"那，空海先生，为何今天要告诉我这件大事？"

"那是因为——"

玉莲打断空海的话，又说：

"我懂了。您是想劝我回去？"

"正是。"空海点了点头。

"空海先生、逸势先生及乐天先生，都打算留在这儿，是吧？"

"是的。"空海再度点头。

"空海先生认为，这儿处境十分危险？"

"是的。"

"可是，既然您带我们来到这儿，表示起初您也没料到这儿是那样危险的地方，是这样的吧？"

"正是。"空海又点了点头。

时至今日，督鲁治咒师的确杀害了好几条人命。

然而，那是对他的敌人痛下毒手。

或是，惩罚背叛他的人。

对于不相干的旁人，他倒还没动过手。

更清楚地说，如果督鲁治咒师有心杀害空海一行人，机会应该多的是。

然而，他却没有动作。

而且，要到此地一事，空海于多日之前就已公开说了。

督鲁治咒师早该有所察觉。

如果他不想让空海一行人前来，应该会在半途阻挠，或者将下咒场所移往他处。

反之，如果空海于事前知道督鲁治等人藏身华清宫，也应该采取行动，立即派人围剿，不让他们有机会逃走。

特意告知华清宫之行，在某种意义上，空海变成了督鲁治咒师的同盟。而且，此举无非意在表明：我们就要去华清宫了，你们快逃吧。

至少，空海非敌人的印象，应该已传达给对方了。

前往华清宫，或许那儿连个人影也没有。就算督鲁治咒师在，也不会突然实行危险的举措。

这是空海事先的看法。

如果连个人影也没有，就当是一场欢乐的夜宴。如果督鲁治咒师他们没逃离，还留在此地的话，也并非意味此行就有危险——空海是这样想的。

此外——

空海内心也怀有一种微妙的自信。

那份自信就是——自己为他们所喜爱。

总觉得，自己为丹翁和白龙——督鲁治咒师所喜爱。

空海一直这么认为。

然而，在亲眼见到长汤的那一刻，空海突然感觉——或许一行人踏入远超过自己想象的危险场所了。

或许是自己把事情看得太轻松了？

"这就是我事前的看法。"

空海对玉莲说明自己事前的心态。

"可是，空海先生三人，还打算留在这儿吧？"玉莲追问。

"是的。"

"那，我也要留下来。"

"如果处境确实很危险的话，我们可以考虑离去。但既然空海先生打算留下来，我也就奉陪到底了。"

玉莲脸上神色，又恢复了原状。

"我深信空海先生早先的判断。再说，任何人都知道，胡玉楼玉莲姐从来不曾在宴会中途逃跑的。"

第三十六章 宴之客

【一】

月亮出来了。

抬头看，明月已升至飞霜殿上的天空，是一轮满月。

宛如宝玉的月亮，浮现在春天罕见的碧澄天际。

四堆篝火在铁笼中烧得一片通红。

月影笼罩整座华清宫，明亮得即使没有灯火或篝火，也可看见鱼儿在池面上跳跃。

石缝之间已冒出嫩绿春草的石板上，铺着来自胡国的绒毯。这些华丽的波斯绒毯，是空海向马哈缅都借来的。

总共有三块波斯绒毯。

这儿坐着四个人。

远渡重洋的倭国留学僧沙门空海。

同样来自倭国的儒生橘逸势。

官拜校书郎的诗人白乐天。

胡玉楼歌妓，绿眼碧眸的玉莲。

此四人，彼此对望围坐一圈。

乐师和厨师都到山下村落去了。

大猴、子英和赤，也随乐师和厨师等人下山。

任务完成之后，一行人还会折返原地。

美酒佳肴均已备妥。

巨大的瓷盘上盛着蒸煮炒炸的鸡、猪、牛肉、青菜，包括燕窝在内的各种山珍海味纷列杂陈在席间。还有，空海请托李老人找来的荔枝。

酒杯同样各随己意，听凭取用。

空海取用的，是来自波斯的琉璃杯。

逸势拿的是夜光杯。

白乐天则是玉杯。

乐师们还留下了若干乐器。

一把笙、一把五弦月琴、一把琵琶、一组编钟。

玉莲忙着为大家斟酒、夹菜。偶尔还抱着月琴簌簌弹奏。

众人缓缓喝着酒。

几杯酒下肚之后，逸势双颊已微泛红晕。

"空海先生。"

白乐天右手握住玉杯，唤道。

"是。"

空海手拿琉璃杯，望向白乐天。

白乐天的脸上，摇晃着篝火燃烧的光影。

"本来是我邀您来这儿的，当时，完全想不到会是这个样子。"

"你觉得如何？"

"与您在这儿连夜对酌，真是愉快哪。"

白乐天嘴里含着酒，慢慢地品尝着。

"今晚，会发生什么事吗？"白乐天问。

玉莲上前，为白乐天已空的酒杯斟满酒。

"不知道——"空海仰首向天，用像是叹息的声音说道，"或许会发生，也或许不会发生。"

随后，视线又移回到白乐天身上。

"不，不管会不会发生，我都无所谓。"

"刚才，从你那儿听到了匪夷所思的怪事。"

"是的。"

"真没想到，会听到贵妃其实不曾死在马嵬驿，还在华清宫苏醒过来的事。没想到此地曾发生过这等事。"

"说来，玄宗和贵妃的一切事端，均始于此华清宫。"

"如果说，两人在华清宫度过最幸福惬意的日子，他们共同的日子也是在华清宫结束的。那么，在此举办宴会，该是再合适不过了。"

"所谓结束，是指五十年前的旧事吗？还是我们此时……"

"我也不知道。"白乐天静静地摇头。

"虽然我刚刚说过了，玄宗和贵妃两人最幸福惬意的日子，是在此地度过的，不过……"

"不过什么？"

"贵妃果真拥有过这段幸福的时光吗？"

"你认为呢？"

"我也搞不清楚。我只知道——"

说到这里，白乐天像是在寻找适切的字眼而停下话来。

"你知道什么呢？"

"不，我不是说我知道什么，但我感觉，所谓执笔为文，真是件罪

109

孽深重的事。"

"像贵妃——杨玉环这样的女性，她究竟过得幸不幸福？他人不得而知。连她本人可能也不知道。空海先生也罢，逸势先生也罢，回首自身的往事，到底幸或不幸，你们能回答得出来吗？"

经过白乐天如此一问，逸势摇头答道：

"我不知道。"

"我所想写的正是那些不得而知的事。对照贵妃生前，我所要写的这些事，感觉自己真是罪孽深重。"

白乐天望向玉莲，搁下酒杯说：

"请拿笔来——"

一旁早已备妥笔墨。

白乐天默默地磨起墨来。

其间，谁也没有开口。

空海和逸势，含酒在口，静静凝望磨墨的白乐天。

只有玉莲弹奏的月琴声籁籁响起。

过了一会儿，白乐天自怀中取出纸张，手上握住蘸了墨汁的笔。

白乐天左手拿纸，写下了一些文字。

四周牡丹缭乱盛开。

蓝色月光倾泻在牡丹花上。

然后——

"好了。"

语毕，白乐天搁下笔。

手持纸片，自顾自地吟哦起来。

声音低沉苍劲。

玉莲即兴弹奏月琴，应和着白乐天的吟咏。

> 两鬓千茎新似雪，
>
> 十分一盏欲如泥。
>
> 酒狂又引诗魔发，
>
> 日午悲吟到日西。

白乐天的声音在月光中朗朗向上飘升。

两鬓发丝，千根翻白似雪。

饮酒满杯，我狂醉如泥。

痴癫迷醉，又呼引出我心中的诗魔。

午后引吭悲吟，直到日落西山。

其诗大意如此。

当白乐天的吟哦声停止之时，

"唔……"

逸势发出不胜感慨的声音。

此诗，宛如白乐天身已老去的自况。

不久，白乐天再度握笔。

继续在纸张上沙沙走笔。

掩藏在白乐天心中的诗意之门，似乎已整个敞开了。

看得出来，白乐天此时文思泉涌，不可遏止。

他将心中涌现的文思，原封不动地写在纸上。

> 貌随年老欲何如？
>
> 兴遇春牵尚有余。
>
> 遥见人家花便入，
>
> 不论贵贱与亲疏。

白乐天继续开口吟哦。

玉莲也弹拨月琴应和。

逸势满脸涨红，并非全然因醉意或灯火的映照。

一旦浓烈的情感在体内翻腾之时，此男子便会成为这副模样。

白乐天的吟哦中断后，琴音又响了一阵方才停止。

玉莲把笔递给空海，说道：

"空海先生也写一些吧——"

"那——"

空海接过笔，默默地在纸张上写字。

过了一会儿，握住纸片，低低地吟起来。

　　一念眠中千万梦，

　　乍娱乍苦不能筹。

　　人间地狱与天阁，

　　一哭一歌几许愁。

　　睡里实真觉不见，

　　还知梦事虚诳优。

　　无明暗室长眠客，

　　处世之中多者忧。

　　悉地乐宫莫爱取，

　　有中牢狱不须留。

　　刚柔气聚浮生出，

　　地水缘穷死若休。

　　轮位王侯与卿相，

　　春荣秋落逝如流。

深修观察得原底，

大日圆圆万德周。[1]

【二】

空海吟毕，弹奏月琴的玉莲马上歇手。

"空海先生，您的声音真动听。"玉莲又说，"能否让我拜读您的大作？"

"当然可以。"

空海递出方才写就的诗笺，玉莲搁下月琴，用白净的手指接下。

就着灯火月光，玉莲盯着空海所写的诗看着。

不久——

"空海先生——"玉莲抬起头，说道，"我想为这首诗跳一段舞。"

"荣幸之至。我也想一睹玉莲姐的舞姿。"

空海才点了点头，白乐天便接腔说：

"玉莲，这一定很有趣。"

白乐天本来就是胡玉楼熟客，他和玉莲的交往，比空海更久。

"空海先生会弹琵琶或月琴？"

1译注：根据空海所著《性灵集》里《咏十喻诗，咏如梦喻》汉诗原文，作者所引漏列最后两句，今补上。

"多少会一点。这样好了，我虽不像玉莲姐那样行，倒还可以用月琴为你伴奏。"

"哎呀！能够配合空海先生的月琴起舞，真叫人高兴哪。"

"那，我来弹琵琶。"白乐天开口。

"乐天先生也行？"

"我多少也会一点。"白乐天回道。

"既然这样，我就吹笙吧。"

连逸势手上也拿起了一把笙。

"哦？连逸势先生也要——"

当然，习乐是宫中的基本教养，橘逸势也能玩上一两种乐器。

讲到吹笙，橘逸势绝不输给一般人。

本来，彼时传入日本的乐器，便是经由大唐而来，其基本构造和吹奏方法，并无多大差别。

音、声该如何配合，四人简单做了安排。

玉莲取来一块绢布，披挂在脖子上。

夜深人静，玉莲身影，孑立在自天流泻而下的月光之中。

空海轻拨琴弦，琴音袅袅，尚且回荡在夜气之中时，逸势双手所握住的笙，跟着传出了乐音。

月光下，笙音飘向天际。

仿佛要与月光共鸣，笙音竟隐约可见了。

在月光中闪闪飘升的模样，似乎可以映入眼帘。

当笙音悠扬飘升天际之时，骤然之间，"铿当"一声，月琴的弦音拨动了起来。

空海的月琴，应和着逸势的笙音。

琴声簌簌飘落，恍如大小玉珠自天上滑落。

然后，白乐天的琵琶声交叠其上。

乐音与天地和鸣。

天地为之震动。

同时，空海开始吟哦自己的诗句。

一念眠中千万梦。

配合诗句，玉莲挪动了身子。

缓缓向前踏步，脚尖柔软地踮立在绒毯之上。

右手缓缓向月光伸去，随即轻快折返。

乍娱乍苦不能筹。

玉莲开始舞蹈。

白净的手指像要捡拾月光一般，在空中比画。

空海清朗的声音，冉冉飘向天际。

人间地狱与天阁，

一哭一歌几许愁。

空海的声音，朗朗传入逸势耳中。

逸势的眼中淌下泪来。

连逸势也不明白，突然流泪的意义。

泪水汩汩流出。

我究竟怎么了？

逸势那张脸，仿佛如此说道。

对自己内心瞬间流泻的情感，逸势看似不知所措，仅能寄身其中。

吟哦诗句、弹奏月琴之人，正是漂洋过海，经行万里，远自倭国而来的沙门空海。

与空海笙琴合奏者，乃倭国留学生橘逸势。

应和弹奏琵琶之人，则是日后扬名倭国、鼎鼎大名的大唐诗人白乐天。

而在此三人面前婆娑起舞的——是碧眼胡人玉莲。

此四人所在的场所，却是唐玄宗与杨贵妃曾经共同生活的华清宫。

这是何等怪异的奇妙命运啊！

睡里实真觉不见。

彼时，四人身后，有一组编钟响起。

发出声音的，是最小的一口钟。

玉莲停下动作，朝编钟方向望去。

音乐全部停歇。

空海、逸势、白乐天三人，同时回望身后。

看不见任何身影。

仅有编钟搁放在原地。

编钟，是挂着各式各样大小铜钟的乐器。叩小钟，会发出高音，叩大钟，则传来低音。

这回准备的编钟，全部分三层，总共二十四口，所以能发出二十四个音阶。

然而，编钟要奏出声音，绝非一人所能独自完成。

演奏编钟，必须动用钟槌。当然，这回也准备了。可是，钟槌却搁放其下，看不出有谁动过的迹象。

冷不防，又传来钟声。

明明看不到任何人影。众人发现，这次是最大的一口钟发出了声响。

"看来有人大驾光临了。"空海道。

"喂，空、空海——"逸势胆怯地出声。

"放心吧。"空海向逸势道。

说的是日本语。

"随时恭候。"

空海并非特意向某人说道。

像是要阻止逸势说话，空海接着说道：

"我们何不继续宴会呢？"

空海唇边浮现一抹愉快的笑容。

"别担心。我们继续吧。"

这回空海说的是唐语。

月琴弦音又响起，空海继续开口吟哦——

还知梦事虚诳优。

玉莲仍然翩翩起舞。

白乐天也袅袅弹奏琵琶。

逸势再度吹笙。

仿佛也要与他们应和一般，后方传来编钟乐音。

无明暗室长眠客，

处世之中多者忧。

玉莲在月光下缓缓起舞。

四周牡丹花，在月光下聚首盛开。

编钟加入合奏，逸势也渐渐不在意无人钟声的怪事了。

不久，大日圆圆万德周。

空海朗朗声歇，吟咏结束。

其声音却随同音乐余韵，残留在月光之下，在半空中飘荡了好一会儿，就像细小的琉璃碎片漫天飞舞一般。

不知何时，身后作响的钟声也沉寂了下来。

那时，"啊，那是——"玉莲低声叫道。

玉莲手指水池方向。

稍离水面的空中，浮现一个幽微发光的物体。

是菩萨。

"那不是千手观音吗？"白乐天说道。

千手观音浮现在水面之上，静静摇动千只手臂，不知在舞弄着什么。

千手观音的身影同时映照在水面上。

"好美……"逸势屏息赞叹道。

月光之下，菩萨一边起舞，一边缓慢地飘升。

仿佛在追赶消失于天际的乐音，菩萨也向天际飘去。

随着逐渐飘高，菩萨身影也愈来愈透明。

逐渐透明逐渐消失。

终于，菩萨身影飘升到在场众人必须仰头才能看得到的高度。

已经分不清是月光还是菩萨了。

菩萨身影缓缓消融于月光中，终于不见了。

"那是我给你的回礼。"

有声音自后方传来。

众人回头一看，一位白发老人端坐在编钟前。

"因为你们让我听到了悦耳的音乐。"

灯光下，老人微微一笑。

空海微笑，望向老人。

"在下丹翁。"老人解释。

丹翁望着白乐天、逸势及玉莲，随后，慢慢将视线移到空海身上。

"对了，空海。"

"是。"

"先给我一杯酒吧。"

"乐意之至。"空海回道。

【三】

子英默不作声，屏气凝神地往前走。

他正在追赶走在前面的巨大黑影。

此刻，他人在西绣岭之中。

此处是一条羊肠小道，两旁覆满了野草。

子英脚下，是铺满石子的地面，如果往上走，小径将变成石阶。

小径两旁，耸立着老迈的枫树及粗大的巨松。

由于覆盖头顶的树梢之间，还有月光洒落，子英总算还可行走，否则，他将寸步难行。

一不留神，前方那道黑影便会跟丢。

不知是身体轻巧，还是娴熟路径，前行的巨大黑影，步伐极快。

向前奔走的黑影，就是大猴。

此刻，子英尾随大猴身后。

护送厨师、乐师至山下村落后，他正在折返华清宫的途中。

赤留在村落，子英和大猴返回华清宫。

此前不久，子英推测该是快到华清宫的时候了。

走在前头的大猴，不知绊到何物，整个身子向后翻滚。

"好痛！"

大猴坐在地上，手按住头。

似乎撞到了头部。

"不碍事吧——"

"不碍事。"

大猴起身，松开按压头部的双手，摇了两三次头。

接着，大猴又向前跨步。

脚步变慢了。

大猴终于呆立原地。

"怎么了？"子英问。

"我想起来了。"大猴说。

"想起什么？"

"我想起我忘记的事了。"

"忘记的事？"

"我必须折回一趟。"

"回哪儿？"

"山下的村子。"

"为什么？"

"不是什么重要的事。你先回华清宫。事情办好，我就回来。"

"所以我要问你是什么事呀！"子英丈二和尚摸不着头脑。

120

"总之，你先上路。我去去就来。"大猴说。

"我懂了。"

到底是什么事，子英不得而知，却也只能如此作答。

"我马上会回来。"

说完，大猴转身，走下方才爬上来的山路。

起步往上走的子英，也停下了脚步。

大猴的事，他觉得有些怪异。

不愿明说事由，让他感到不解。

此种情况下，大猴还要赶回山下村落的理由，令他难以想象。

或许，在自己不知道的情况下，空海和大猴之间曾有某种约定。大猴应当是突然想起此项约定，才说出这番话的吧。

于是子英也掉头折返，追赶在大猴身后，开始往坡下走去。

说来，子英确实是奉命被派遣到空海身边当差的。

然而，那是奉朝廷之命。

本来，他就在朝廷当差，会被派到空海这儿，完全是遵从柳宗元的指示。

准确地说，自己该当听命的对象，是柳宗元。

当然，关于这回的华清宫之行，他早已详细汇报给柳宗元。

空海也没要求他保密，而且这是他的任务。

关于华清宫之行，柳宗元不抱太大期望。

他料想白龙不会在华清宫施咒，即使真的在该地作法，空海既然已经公开宣称要去华清宫，就算白龙人在该地，只怕也要逃之夭夭了。

如果清楚地知道白龙人在此地，那就另当别论。但值此时刻，却也不能不顾虑空海的想法，径自派兵前来围剿。

空海本领高超，子英心知肚明，但动兵的理由还不充分。

"察觉任何异状，立刻回报。"

柳宗元如此吩咐子英和赤。

遵照指示，此刻，赤该已快马飞报长安了。

至少，在看到数量如此惊人的狗尸之后，他不得不立刻上报。

因为有人在华清宫作法下咒，肯定错不了。

子英再一次对空海的直觉，或说能力，感到震惊。

子英打算对空海说，赤留在山下的村子，但对方若是空海，一定可以猜出自己或赤其中一人，会策马奔回长安通报吧。

如果空海和大猴隐瞒自己，准备做出什么事，子英也得查明到底是什么。

此举若是大猴个人行为，也还是要查。

大猴究竟想干什么事，子英必须先行了解。或许，大猴折返回去，就是想查明赤在不在村子里。

此一想法，在子英脑海中翻腾起落。

大猴转身下坡，还不算太久。

刚好是尾行跟踪的适当距离。

蹑手蹑脚走下坡，马上便看见巨大的人影出现在月光下。

这道人影正是大猴。

他的身影十分诡异。

他并没有赶路前进。

大猴停下脚步，正望着一旁的树林。

子英顿步，压低身子，侦察大猴动向。

大猴有时望向林中深处，有时又在月光下观看自己脚边。

他的模样不像在搜寻掉落的东西，也不像在寻找哪个人。

不久，大猴跨步向左边树林走去，子英这时才了解大猴在找什么。

大猴似乎在寻找进入树林的入口道路。

大猴灯也没提，就这样走在深夜的树林之中。

树林内的枝叶还不像夏天那么繁密。

月光正好也可照射到林中。大猴似乎借助那月光，行走在林子里。

子英尾随大猴，也钻入树林。

大猴前进的方向，看来是朝着华清宫南侧的西绣岭。

"奇怪——"

西绣岭——虽说是山，却盖了许多殿堂。

玄宗在位时，冬天一到，长安的政治机能便整个移转至此地。

山中到处铺设石阶小径，也建造了不少大小楼阁。

而今，楼阁若非遭到盗贼拆窃，便是任其毁坏倾颓。

大猴究竟要去哪儿？

子英默默地在大猴身后追赶。

此时，大猴终于停下脚步。

他站在一栋屋顶毁坏、陈旧腐朽，看似道观的建筑物之前。

大猴在原地呆立了一下，然后毫不犹疑地走了进去。

此时，子英感到困惑了。

自己到底应不应该尾随进去呢？

虽说大猴还没察觉已被跟踪，但若走进那座道观……

总之，先靠近道观，由外窥伺内部动向，应该没有问题吧。

于是子英悄悄向道观挨近。

大概是屋瓦大半都已掉落了，道观四周散落着碎裂的瓦片。

从大猴进入的附近窥伺，部分屋檐已腐朽洞开，月光自此射入。

看不到大猴身影。

道观内部，像是用灰墙隔成数个房间。

大猴似已走进其他房间。

正当困惑不知所措时，突然传来了声响。

那是大猴踩在地板上的脚步声。

那声音，有时像是在搁置某个小东西，有时又像在摩擦那个小东西。

就在此时，灯亮了。

出乎意料的明亮灯光，辉映在眼前的墙壁之上。

接着，仿佛在敲打物体的声音响起。

好大的声音。

随后，便听到嘎吱嘎吱撕裂某物的声音。

然后是敲打的声音。

然后是捣毁的声音。

过了一会儿，声音停止了。

然后，又传来丢弃东西的声音。

大猴的巨大身躯来回走动的声音。

粗重的喘息声。

墙面映照的灯光，这回摇晃得更厉害了。

大猴似乎想握拿不知搁在何处的灯火。

灯光在墙面上晃动。

大猴像是手持灯火在走动着。

他打算走到外面吗？

子英搜寻隐秘的地方，摆好架势。

然而，大猴却没步出房内。

映照在墙面上的灯光，慢慢减弱下来。

大猴的脚步声也愈来愈小。

渐行渐远了吗？

并非如此。

那是往下走的声音。

是步下石阶的声音。

不，或许是爬上阶梯的声音。

大猴到底要做什么？

这座古老的破旧道观，究竟暗藏什么玄机？

子英不禁生出兴趣来了。

然而，若是被大猴察觉，到底该如何辩解呢？

有什么好辩解的？该辩解的人，应该是大猴吧。

子英心想。

就在此时，"呜呜呜……"一阵低沉的声音传来。

一开始，子英听不出是人的声音。

他还以为，是枯枝雨露被风掀吹起的声音。

或是衰老的野兽声音。

在子英耳里听来如此。

然而，那却是千真万确的人声。

呜呜呜……

啊啊啊……

那样的声音，宛如缓缓将肺部膨起，一边呼吸一边清喉咙的声响。

又像是打哈欠声、痛苦呻吟声，或哀号哭泣的声音。

继之，变成了喃喃般的私语。

声音主人似乎在述说某事。

听来像是回答问话的，则是大猴的声音。

只是，他们到底在交谈什么？子英却无法听见。

如果能再挪近一点……

屈服于好奇心，子英缓缓跨步走入道观之中。

他小心翼翼，避免发出声响，然后朝下一个房间前进，

走到那儿，子英吓了一跳。

地板上，赫然裂开一个黑色大洞。

月光照射在此地洞上。

而且，还有石阶通往地洞。

子英暗忖——

原来是这么回事。

方才传来的声音，是在破坏地板，寻觅通往地下入口的声音。

不知不觉，声音沉寂下来了。

只有通往地下的入口敞开着。

而且，内部深处还摇曳着灯光。

不再有任何声响了。

子英心想，该怎么办呢？

蓦地，耳畔传来嘶哑的声音：

"你为何而来？"

子英回过头一看。

那儿浮着一颗狗头。

狗头双眼溃烂，腐蚀了大半，眼看就快滑落地面。

牙间垂出长长的舌头，舌尖还滴着黏糊糊的鲜血。

宛如半熟蛋黄的眼珠子，骨碌碌地转动，那双应该看不见任何东西的双眼，正盯着子英看。

狗的舌头动了。

"你为何而来？"

悬空的狗头开口说话。

"啊！"

子英惊叫一声，倒退一步，右脚浮踩在半空中。

随后，落入敞开的地洞。

"啊——"

子英面向窟窿下方，从石阶上滚落下去。

下半身遭到猛烈撞击。

虽如此，但由于头部未受碰撞，所以仍然保有意识，还活着。

"痛……"

双手撑地，子英抬起上半身。

屋顶缝隙洒落的月光，勉强映照至洞穴底部。

借助幽暗的月光，他隐约看到了某物。

有个巨大黑影站立在那儿。

看似人影。

却又比常人来得巨大。

"大猴？！"

子英不由自主地叫出声。

然而，那道人影既没响应，也没移动。

子英起身，伸手触摸。

那人影硬得像块石头。

黑暗中，子英定睛凝视，终于看清楚了，是张士兵模样的面孔。

"是俑……"

子英喃喃自语，就在此时，兵俑动了起来。

"你为何而来？"

那兵俑追问子英。

【四】

众人怡悦地举杯畅饮。

酒杯内映照着月光，众人宛如饮下月光般地喝着酒。

美酒来自胡国。

是葡萄酒。

"哎，这回让我来弹琴吧。"

丹翁心血来潮，伸手取来月琴，轻拢慢捻地弹了起来。

他所拨动的琴弦，在月光下流泻出异国旋律，那是空海和逸势均不
曾聆听过的妙音。

弹奏终了，又斟满酒杯，一饮而尽。过了一会儿，又伸手取琴。

有时，逸势吹笙应和。

或者白乐天弹奏琵琶，为月琴助阵。

"今晚真是醉人哪。"

丹翁将月琴搁在绒毯上，说道。

"是的。"空海颔首同意。

丹翁握住酒杯的手，向点头的空海伸去。

"空海，来，喝酒吧。"

"是。"

空海兴冲冲地伸手取酒，斟满丹翁的空杯。

仿佛极其甘美一般，丹翁举杯细细啜饮。

"你也喝一杯。"

丹翁手拿酒瓶迎向空海，这回换空海接受斟酒。

酒，果然香醇甘美。

"这主意真好。"丹翁开口。

"我没料到，又能在华清宫如此举杯畅饮。"

声音里充满了感慨。

丹翁的眼眸在游移，像是在寻觅让他怀念的东西。

盛宴。

穿着华丽服饰的宫女。

熙熙攘攘的人群。

过往的荣华繁景，已不再映入眼帘。

昔日在此走动的身影，也不复见了。

如今只剩——

"我一个人了……"

丹翁用苍老衰弱的声音，自言自语般说着。

像是要聆听已完全消融在大气之中的音乐一般，丹翁闭上了双眼。

"丹翁大师……"

出声叫唤的是逸势。

"什么事？"

"督鲁治咒师会来吗？"

"噢——"

丹翁睁开双眼。

"你是说，白龙吗？"

丹翁动了动嘴唇。

"你刚刚说什么？"逸势问道。

"你是说，白龙吗？"

"啊——"

"换句话说，督鲁治咒师就是白龙。"

"什么？"

"白龙这名字，你该听过吧。"

"是的。"

"过去拜师黄鹤门下的，就是丹龙和白龙。"

"我听过。"

"白龙是督鲁治咒师，丹龙，就是丹翁我。"

"啊！"

逸势惊呼出声。

"空海……"丹翁对空海说。

"是。"

"你看到长汤内那些东西了吧？"

"看到了。"空海点点头。

"我也看到了。"

数量庞大的无头狗尸，还有蛇、虫的尸骸。

"那，你应该明白吧？"

"来不来都不是问题。因为督鲁治咒师——白龙现在人就在华清宫。"

"是。"空海点点头。

"不过，没想到会是华清宫。"

"连我也没察觉到。不过，仔细想想便可明白。除了华清宫，别无他处了。可是，空海啊，来自倭国的你，居然也会想到这里。"

"不。"空海摇头。

"最先察觉此事的，并非我，而是乐天先生。"

白乐天摇摇手，不同意空海的话。

"不，我什么也没察觉到。别说察觉了，此事攸关大唐王朝的秘密，我想都没想过。我只是……"

语毕，白乐天闭上嘴。咬了咬嘴唇，又开口：

"我只是想，如果来这儿，或许能获得作诗灵感。察觉此事的，应该是空海先生。"

"不，要是没听到乐天先生提起华清宫的话，我也不会想到。"

空海回应。

丹翁饶富兴味地望向白乐天，问道：

"作诗？"

"是的。"

"你打算要写什么呢？"

白乐天又咬了咬嘴唇，缄默了片刻。

过一会儿，他继续解释：

"我想写玄宗和贵妃两人的故事。"

"是吗？"丹翁一边点头，一边问，"那，来到这儿，能得到什么灵感呢？"

"玄宗和贵妃两人，到底怀抱何种心情，在这儿共度时光的事。我在想，两人到底过得幸不幸福？"

"那，来到这儿之后，你明白此事了吗？"

"不！"

抬起头，白乐天高声回应。

"不……"

这次，变成微弱的自语了。

"不明白，我真的不明白。该如何把两人的故事写成诗，我什么都不明白。"

白乐天睁大眼睛瞪视着丹翁。

"丹翁大师。"白乐天郑重其事地说道。

"什么事？"

"请您告诉我。贵妃在华清宫过得幸福吗？您应该知道的。他们两人在这儿过得幸福吗？他们在华清宫是如何共度的？"

白乐天这样发问时，一瞬间，丹翁似乎痛苦地皱起眉来。

"啊，白乐天大人。你问的是关于人心的问题。而且，你问的不是我的心，而是别人的心。大体上，所谓人心，即使是自己的心，也无以名状。不能仅用一根绳索去绑缚。你的提问，我根本回答不出来。"

"诚如您所说，"白乐天回道，"诚如您所说，我也必须靠自己编造的语言咒力来完成。"

白乐天说到这里，事情发生了。

"那是？"

最先开口的，是一直默默聆听的玉莲。

有笛声传来。

笛音极其微弱。

不，不仅是笛音。

还有笙、琵琶、编钟。

数种音乐随风自某处飘来。

那音乐愈来愈近。

徐徐向前。

不过，虽然感觉音乐愈来愈近，音量却未明显变大。

音量未曾变大，音乐倒是一点点地鲜明了起来。

"哎，空海，你看——"

逸势伸手高声指道。

逸势手指的方向——面向水池的左侧篝火之下，有某个物体在移动。

那是人。

不单是人。

且是矮小的人。

不仅仅是一两个人。

无数的小人，踩着篝火底下的地面，朝此处走来。

小人身高三四寸。

身穿红或蓝、白或紫衣裳的小宫女们，有的弹奏乐器，有的起舞，向空海等人走来。

一人、二人、三人、四人、十人、二十人……数都数不清。

数十名宫女，衣裾飘飘闪动，一边舞蹈一边奏乐，渐渐走近。

【五】

"这是什么？发生了什么事？"逸势半起身问道。

"终于来了。"说话的是丹翁。

丹翁悠然自得地将右手的酒杯送到嘴里。

"是的。"空海漫应了一声，也是一副不慌不忙的样子。

"空海，是谁来了？"逸势问。

"是白龙大师。"

"什么？！"

你一言我一语的时候，起舞的宫女数量继续增加。

有人拿笙。

一边弹琵琶，一边用两条后腿直立行走的，是蟾蜍。

同样，用两条腿直立行走的老鼠，一边敲打类似钟的东西，一边在起舞的宫女之间穿梭。

不知何时，起舞的小宫女，已被蟾蜍群团团围住。

然而，不知为何，它们却没走进篝火围绕的内圈。

"喂、喂，空海——"

"放心。它们不能越篝火一步。"

"当真？"

“是的。因为我已划下结界[1]。若是活人或生物或许还可以，但因咒生成的东西，无法进入这个结界。”

“可、可是，你不是说白龙来了吗？”

“我说过。”

“那他在哪里呢？那些舞蹈的小宫女，不会就是白龙吧。”

“嗯。”

“白龙到底在哪里？”

“快来了。”

包围空海等人的小舞娘们，益发热闹起舞。仿佛应和喧闹的舞蹈，音乐也愈来愈高亢嘈杂了。

红衣宫女，伸出白净的小手，朝半空中翩翩舞动。

蓝衣宫女，跨步连续踩踏地面。

月琴响起。

琵琶响起。

笙响起。

“啊，好热闹呀。”

由于空海和丹翁两人看起来没有半点慌乱，玉莲也恢复镇定，唇边浮现一抹笑意。

“这等事竟在我眼前发生。”白乐天说。

不久，宫女、乐师们开始左右分列。面对水池方向的人墙散了开来，宫女、乐师们利落地分立左右。

1译注：密教于修法时，为了防止魔障侵入，划出一定区域，以保护道场与修行者，称为结界。

乐音停歇。

宫女们也不再舞蹈。

全班人马就地坐下。

"原来如此。"兴味盎然的丹翁，左手轻抚下颌。

"空海，什么要开始了？"

"继续看，你就明白了。"空海说。

沉静之中，只剩篝火发出爆裂的声音。

倏地，笙音响起。

仅此一道的笙音，飞升至月光天际。

音色听来哀怨悲戚。

冷不防——

人墙之中，蹿出一只猫来。

是只黑猫。

用两只脚走路。

"空、空海，那只猫——"逸势低声叫道。

黑猫用绿光闪烁的眸子盯视空海等人，同时亮出锐利的齿，吼叫出声来。

仿佛是打了个信号，那老鼠又现身了。

自右前方蹿出的老鼠，走到无人的空地中央，面对空海一行人恭敬地行了个礼。

头上顶着一只金色皇冠般的东西。

乐音忽地改变。

笙音停歇，另有声音响起。

那是月琴声。

月琴细微地弹奏起来。

然后，像是为了与月琴合奏，左侧又跑出来一只蟾蜍。

这只蟾蜍不仅用两条腿走路，身上还披着或许是宫女们转送给它的红衣。

犹如引领那只蟾蜍一般，巨大如鼠的一只蟋蟀，搀扶蟾蜍的手，走在前头。

此蟋蟀腰部缠着看似白绢的布匹，仿佛人的模样，用两只脚直立行走。

蟋蟀将蟾蜍带到老鼠面前，恭敬地行了个礼，即退至后方。

正中央只剩老鼠和蟾蜍。

老鼠握着蟾蜍的手。

笙音再度响起，与月琴合奏。

仿佛笙音代表老鼠，琴声则是蟾蜍。

不知不觉之中，黑猫已消失了踪影。

"原来如此。"空海点点头。

"什么原来如此？"逸势向空海低声道。

"这是一出戏。"

"一出戏？"

"老鼠、蟾蜍、蟋蟀在合演某个故事。"

"故事？"

"是的。"

"什么故事？"

"嘘——"

逸势追问时，空海对逸势使了个眼色，示意他不要出声。

137

头戴皇冠的老鼠，和身穿红衣的蟾蜍，相偎相依地开始拥舞。

过了一会儿，老鼠将蟾蜍的红衣撩起，自后方抱住腰，臀部开始前后摇摆。

老鼠和蟾蜍正在交合。

蟾蜍仿佛因痛苦而扭动身子，一边抽动一边发出叫声。

两者接二连三地改变动作。

"这是？！"叫出声的是白乐天。

"玄宗和贵妃娘娘？"白乐天膝行靠近说。

"什么？"逸势问。

"那只老鼠是玄宗，那只蟾蜍则是贵妃娘娘。"

"什、什么？"

"然后，那只蟋蟀是高力士大人。"白乐天答道。

"当真？"

"没错。"回答的是空海。

"现在，我们眼前上演的，就是玄宗和贵妃的故事。"

"怎、怎么可能？"

"是真的。"

"这……"

"逸势啊，华清宫确实最适合演出这个故事，不是吗？"

将空荡之地当作舞台，老鼠、蟾蜍、蟋蟀各司其职，扮演玄宗、贵妃、高力士的角色。

最先登场的情节，该是两人初次邂逅吧。那场所就在华清宫。

场景接连改变着。

这回，是玄宗要高力士想办法，劝解执拗不依的贵妃。

不久，玄宗和贵妃——老鼠和蟾蜍手牵手，随后，仿佛受到什么惊吓，两人仰望天空某处。

似乎是在诠释安史之乱发生了。

遭人追赶般，两人逃离长安。

最后，终于——

玄宗自贵妃身边离开，来到高力士这边，继之，他凑近高力士耳畔低语。

过了一会儿，扮演高力士的蟋蟀走了出来。

他来到扮演贵妃的蟾蜍面前，解开缠绕在腰际的白布，握在手上。

贵妃不停往后退。

高力士往前追赶。

终于追上贵妃。

扮演高力士的蟋蟀，将手握的白布，小心谨慎地缠绕在贵妃脖子上。随后手握白布两端，用力拉扯。

贵妃倒卧在地。

方才一直奏鸣的音乐，戛然而止。

至此为止，始终安静席地而坐的宫女们起身，以袖口掩面，开始哭泣。

接着，该是秘密挖出贵妃，带她来到华清宫的场景，故事到此便没继续发展下去。

因为，突然有阵笑声自天而降。

非常好笑似的，嘎啦嘎啦的嗤笑声，自天际响起。

那笑声，不知何时又变成说话声。

"终于来了。"声音听似兴高采烈。

"终于来了，终于来了！"

像是高兴得无法抑制的声音。

声音从天而降。

"丹龙啊，空海啊，你们终于来了！"

接着，突然有个东西从天空飘落了下来。

是一条绳索。

而且，掉落的只是绳索一端，另一端还停留在上空。

仰头观看，只见绳索伸向遥远天际，完全看不见彼端。

绳索半途便已消失在夜空之中，只能看见月光中垂降地面的绳索。

"现在就来。"

天空又传来了声音。

"喂、喂……"

逸势用手顶了顶空海后背，"空海，是人哪——"仰头看得脖子发酸的逸势说。

"嗯。"

空海也看见了那个身影。

遥远的夜空中，隐约可见一个孤零零的细小人影。

定睛凝视，那个人影正缓慢地往下降落。

某人沿着绳索，正打算自天际降落到地面上来。

那的确是人。

沿着绳索垂降的那个人，终于抵达地面。

此处，正是方才老鼠、蟾蜍、蟋蟀，演出玄宗、贵妃、高力士的场所。

原先的小宫女、舞娘的身影，均已消失不见。

老鼠、蟾蜍、蟋蟀也不知去向了。

刚才那么多的身影，再也找不到了。

音乐不再响起。

只有三个人站在此处。

一位身躯瘦小的黑衣老人。

他的脖子宛如鹤鸟般细瘦。

老人左右各有一名女子。

一位是年轻女子。

另一位是身穿华丽薄绢的老妇。

黑暗中，那只黑猫再度现身，然后，在三人脚下止步。

"在下白龙。"老人开口说道。

【六】

自称白龙的老人，以黄光闪烁的眼眸注视着丹翁。

老妇的视线，并未刻意看向谁。

她的眼眸望向浩瀚的夜空。

年轻女子握着老妇左手。

眼见那名年轻女子——

"丽香姐……"玉莲嗫嚅低唤了一声。

被称为丽香的女子，与玉莲视线相对后，嘴唇拉出弧线，浮现出微笑。

丽香，雅风楼——胡玉楼的歌妓。

空海第一次到胡玉楼时，曾因玉莲右手臂麻痹、无法动弹，而帮她医治。

空海为玉莲驱除附在手臂上的饿虫邪气。

胡玉楼的人传言，下咒施放饿虫的，似乎就是丽香。

当时销声匿迹的丽香，如今却在此出现。

"玉莲姐、白居易先生，久违了。"

丽香用沉稳的声音说道。

"原来偶尔出现在白龙——督鲁治咒师身边的女子，就是这位丽香？"

逸势脸上露出如此疑问望向空海，但并未作声。

某晚，在西明寺牡丹盛开的庭院起舞的，就是这位老妇，同时现身的则是丽香。

"丹龙，好久不见。"老人开口。

"白龙，久违五十年了吧。"丹翁点点头。

"好，就叫我白龙。这名字比较适合我们。"

"嗯。"

点头称是的丹翁，方才到现在，眼睛始终注视着白龙身旁的老妇。

仿佛紧紧贴住，丹翁的视线不曾移开那位老妇。

老妇个子娇小。

脸颊和露出衣袖外的手臂，均已布满皱纹。

不论脸颊或手臂的肌肤，都长满了斑点。

年龄似已八十出头。

她的身子干瘪，全身包裹在衣裳之中，隐而不见。

老妇长发俱已花白。

白发盘梳在头顶，以红布绑缚，然后插上发簪。

那是珍珠镶缀的银发簪。

嘴唇和两颊，不知是否擦过胭脂，微微泛出红晕。

自脸颊至脖子，不知是否擦过粉，格外白净。

老妇大概不是自己抹粉、擦胭脂的，当是白龙或一旁的丽香为她装扮的吧。

为了今晚，刻意装扮。

然而，老妇嘴唇半开半阖，隐约可见黄浊的牙齿。而且，还可发现缺了数颗。

老妇仅是神情呆滞地望向四周。

含水带露的牡丹花，盛开在月光之下。

遍地牡丹不可胜数。

老妇看似心荡神驰，迷茫地眺望着眼前景致。

丹翁只管凝望着那名老妇。

强烈的情感，仿佛正从丹翁内心涌溢。他却拼命想压抑下来。

丹翁的喉结，激烈地上下跳动。

"丹龙，认出来了吗？"白龙问。

"坐在这里的贵人，你认出这是谁了吗？"

丹翁的嘴唇数度开阖，却出不了声，终于又闭上了嘴唇。

他的双眼，落下了两行泪水。

"她是贵妃娘娘。"白龙说。

哦——

空海一旁的逸势失声低呼。

杨玉环——

横亘六十年以上的悠悠岁月，与玄宗在这华清宫邂逅的女性的名字。

杨贵妃。

"没想到……"白乐天嘶哑地叫出声来。

"今晚是宴会。"白龙说，"快准备宴会吧。"

白龙挺起胸膛，把头抬得高高的。

"贵妃娘娘大驾光临。快准备音乐、美酒——"

"请进来。"空海开口。

白龙自结界外跨了进来。

他单膝下跪在波斯绒毯上，恭敬地行了个礼。

丽香借势手挽老妇——杨玉环，跨步向前。

仿佛经过丽香催促，杨玉环抬起脚步。

两人静谧无声地走进结界之中。

结界外，只剩下那只黑猫。

空海自席间起身，说：

"这儿请。"

随后，让位给贵妃。

坐北面南的场所——那是天子之席。

杨玉环坐在中央，丽香和白龙分坐两旁。

"拿酒来——"白龙开口。

丽香将手托住贵妃之手，让她能够握住玉杯。

玉莲为玉环斟上胡国的葡萄酒。

由丽香托着手，贵妃缓慢地举杯送到嘴边。

贵妃的红唇，触碰酒杯边缘。

她抬起下颌，仰饮胡酒。

白龙手握酒杯。

丹龙手握酒杯。

白乐天手握酒杯。

空海手握酒杯。

橘逸势手握酒杯。

各自酒杯都斟满了酒。

贵妃的酒杯也再度斟满了酒。

丽香、玉莲同样手持满斟的酒杯。

众人随意举杯送到嘴里啜饮。

"丹龙，终于和你相遇了。"放下空杯，白龙说道。接着又说："空海，我要向你致谢。"

"不。"空海摇头，"没道理要向我致谢。"

"不，若非有你，我们相遇的那一瞬间，或许会立刻厮杀起来。"

白龙感慨万千地解释着。

"厮杀？"

"没错。"

"在场的丹龙，应该听得懂我现在所说的意思。"

仿佛同意这句话，"嗯。"丹翁回应了一声。随后将空杯搁在绒毯上。

"今晚，为了毁灭，我们才在此聚首。"丹翁说。

"丹龙，原来你还活着。"

"白龙，你不也一样？"

"我们都活太久了。"

"嗯。"

"是时候了。"

"没错。"丹翁点点头。

白龙望向空海，说：

"今晚，你该不是第一次与贵妃相见吧。"

"是的。"空海点了点头，随手搁下酒杯。

"某晚，我们曾在西明寺碰过面。"

"想来如此。"

"月光下，贵妃于庭院翩翩起舞……"空海说道。

空海还未说完，贵妃缓缓站了起来。

她双手捧着某物，正在吃着。

是空海准备的荔枝。

贵妃脸颊，汩汩流下泪水来。

她边哭边吃荔枝。

随后，举头仰望明月，跨出两三步，伸出手指拨弄一口编钟。

沉沉钟声回荡在月光之中。

杨玉环环顾四周，说了一声：

"牡丹……"

旋即缓缓步出座席中央。

"贵妃娘娘要起舞吗？"白龙开口。接着又说："丹龙，你要注意看。快抬起头来。我们的贵妃，今晚又要在华清宫起舞了。"

贵妃站立着。

"在这华清宫，玄宗也来了。这儿，高力士大人也来了。那边，倭国的晁衡大人也来了。"白龙脸上挂着泪水,他声音颤抖地叫道,"来。大家快吹笙弹琴。琵琶准备好了吗?钟槌拿定了没?"

玉莲将月琴抱在怀中。

手上捧笙的,是橘逸势。

空海手拿琵琶。

白乐天握着笛子。

丽香手持钟槌,站在编钟之前。

"对了,该奏什么曲调呢?"白龙喃喃说道。

"哦,我差点忘了。李白大人不也在这儿吗?既然如此,那就来个《清平调词》吧。李龟年大人,你负责吟唱。今天晚上,我们贵妃娘娘,将在华清宫再度起舞。"

月光下,白龙举起皱纹满布的手。

乐音在夜气中响起。

然后,杨玉环——贵妃在月光下缓缓起舞。

【七】

玉莲弹月琴。

橘逸势吹笙。

空海弹琵琶。

白乐天吹笛

丽香敲叩编钟。

乐音在夜气中奏鸣。

宛如轻轻抚弄那乐音，杨贵妃的纤指也在夜气中舞弄了起来。

乐音和月光，水乳交融。

看上去，像是色彩斑斓、幽光微闪的龙群，伴随在贵妃四周。

　　云想衣裳花想容，

　　春风拂槛露华浓。

　　若非群玉山头见，

　　会向瑶台月下逢。

吟唱者是丹翁。

李白所作的诗。

时间是六十二年前，天宝二年（743年）。

地点在长安兴庆宫。

此宫位于禁城之南，并列着龙堂、长庆殿、沉香亭、花萼相辉楼、勤政务本楼等壮丽建筑。

该是在沉香亭吧。

时当春日，沉香亭牡丹盛开。

宴会在此盛大举行。

那天的宴会，是为了芳华二十五的杨玉环——贵妃而举行的。

当天，餐桌上满是山珍海味。

几乎被乐音所淹没的宴席上，宫廷主要人物齐聚一堂。

玄宗。

杨贵妃。

高力士。

晁衡，也就是倭国的阿倍仲麻吕。

李龟年。

然后，李白也在场。

连青龙寺即将出发至天竺的不空也露脸了。

贵妃三姐妹。

杨国忠。

黄鹤。

丹龙。

白龙。

宴会进入高潮之际，宫廷乐师中最负盛名的歌者李龟年，压轴登场。

彼时，玄宗起身，这样说道：

"坐赏名花佳人，旧词焉能用乎？"

意指，娇艳牡丹、美丽的贵妃当前，怎能继续吟唱旧词呢？

"传李白。"

于是传来了李白。

"依清平调，你当场填词吧。"

所谓《清平调》，是唐代所作的新兴俗乐曲调。

曲调现成。玄宗命李白，配合此调，就地填词。

当时，李白已经喝醉了。

醉眼蒙眬。

靠近玄宗御前时，他已无法脱靴。

"谁——谁来帮我脱靴？"李白如此说，望向高力士，"高力士大人，那就麻烦你了。"

李白向高力士恭敬地行了个礼，以半带戏谑的口吻及动作说道。

正因为他醉了，也正因为他是大名鼎鼎的李白，才敢提出这样的要求。

没喝醉而敢在宫中如此撒野，那可会身首异处。

对此，高力士若是勃然大怒，举座一定很扫兴。

他也会被说成是不识风趣之人。

"嗯。这是醉仙驾临。"

于是高力士主动向前，帮李白脱下靴来。

此时，李白拿起笔，在众目睽睽之下，沙沙振笔疾书，一气呵成的词句，正是这一首。

呼应此一新词，杨贵妃也即兴起舞。

而今，在这华清宫牡丹庭院，一切都重现了。

此刻，八十七岁高龄的贵妃，在空海、逸势面前翩翩起舞。

不知是感动还是兴奋，逸势满脸通红。

关于此一宴会种种，远在日本时，逸势便曾耳闻。

此情此景，如今重现眼前——

而且配合贵妃曼妙舞姿的，竟是自己所吹奏的笙音。

逸势和空海对看一眼。

空海啊，于愿足矣，死而无憾——

逸势的目光如此说道。

橘逸势流着泪继续吹笙。

　　云想衣裳花想容，

　　春风拂槛露华浓。

　　若非群玉山头见，

　　会向瑶台月下逢。

一如空海之前所评价的，此歌词乃是才情之作。

唯有才情存在。

只有耀眼生辉的词句，淙淙流动而已。

词句中，大概没有所谓的深刻思想，甚至没有任何感动。

只是存在着基于才情所编织而成的词句。

而杨玉环也正以此翩翩起舞。

> 一枝红艳露凝香，
>
> 云雨巫山枉断肠。
>
> 借问汉宫谁得似，
>
> 可怜飞燕倚新妆。

写此歌词的李白，因脱靴事件而为高力士怀恨在心。

也因为此一歌词，李白遭高力士自长安赶走。

词中的"飞燕"，指的是汉成帝爱妃，后来成为皇后的赵飞燕。

她擅长歌舞，因美貌而闻名。

歌词中，李白将贵妃比拟为飞燕。

日后，高力士便在此文句寻隙挑拨。

飞燕后来虽然成了皇后，却因出身歌女，行为放荡，最后被废。

将贵妃比喻为飞燕，岂非暗示贵妃低贱呢？

高力士如此指责。

分明是有意找麻烦。

若非李白要高力士当众为他脱靴，歌词也就不会出事。

然则，高力士对此却耿耿于怀。

> 名花倾国两相欢，
>
> 长得君王带笑看。

解释春风无限恨，

沉香亭北倚阑干。

代替李龟年吟唱这首歌的丹翁，眼中潸潸落下两行泪水。

宛如消融在夜气之中，乐音沉寂了下来，一切复归于平静。

贵妃也停止了动作。

没人发出任何声音。

静谧之中，仅有火焰燃烧的哔剥声响起。

贵妃看似恋恋不舍。

明明想多舞几回，音乐却戛然而止。

她凝视着夜阑苍穹，仿佛在寻觅那飘然逝去的乐音。

"都已过去六十二年了……"

白龙喃喃自语般说道。

却无一人回应。

沉默之中，白龙的话音再度响起。

"六十二年光阴——当真就这样消逝了吗？"

依然无人响应。

"大家都到哪儿去了？"

"丹龙啊，只剩我们和贵妃还活在人世。"

"皱纹满布，老态龙钟，只剩我们还活着。"

啊——

白龙望向四周的牡丹，说：

"花色依然，一如往昔。"

"然而——"

说到这里，白龙哽住了。

他再也说不出任何一句话。

"梦幻一场。"丹翁说。

"一切都是梦幻啊。"

"梦幻?"

"你是说,那一切都是梦幻?沉香亭之宴、安禄山之乱、马嵬驿事件,连华清宫之事,一切都是幻梦?"

"我们都是已经结束了的梦幻中的亡魂。"

"话说回来,"丹翁静静开口,语气很是温柔,"那以后的事,可否说来听听?"

"那以后的事?"

"我们为此梦幻收拾残局之前,白龙,你告诉我吧。"

听到丹翁此话,白龙呵呵干笑:

"好吧。"

白龙轻轻点头。

"就算你不咐咛,我也打算这么做。就算没人来到这儿,我也打算说出来。"

白龙以指尖按着眼睛,看了丹翁一眼,又望向空海等人。

"我把你们当作是玄宗。你们既是高力士,也是李白、晁衡或不空,以及死去的众人……"

没人发出任何声响。

"我就在这个亡者曾经聚集的场所,述说那以后所发生的事吧。"

于是,白龙便以苍凉的声音,慢慢说出事情的经过。

第三十七章 恸哭之旅

【一】

"我们抛弃了师父。"白龙低声道。

"那时，我和丹龙带着杨玉环，一起逃出了华清宫。"

干涩的声音。

除了篝火的爆裂音、风吹的松涛声，仅有白龙的话音可闻。

贵妃落座，静静眺望遥远的虚空。

"那是为什么？"空海问。

"为什么？"

语毕，白龙望向空海。

继之，是一段长长的沉默。

篝火哔哔剥剥作响，火星在昏暗的大气中四处飞散。

仿佛追逐飞散的火星一般，白龙昂首仰望天际，视线再移至地上人间。

他的眼睛，注视着丹翁。

"为什么？你知道的吧，丹龙？"白龙道。

丹翁默默点了点头。

"我们绞尽脑汁，费了多大的劲……"

那声音宛如想要自喉咙挤出鲜血一般。

"我们吃了多少苦头……"

白龙又将视线投向空中。

"因为我们两人一直爱慕着杨玉环。"

白龙的话。

初次见到杨玉环那刻起，我们就都成了她的俘虏。

远在玄宗和杨玉环在华清宫邂逅之前，我们奉师父黄鹤之命，暗中保护杨玉环。

这是在她被送到寿王那儿之前。

让杨玉环进入寿王府，是师父的主意。

让她离开寿王，投入玄宗怀抱的，也是师父。

呜呼——

无论何时，我们无时无刻不爱慕着杨玉环。

唉，丹龙啊，丹龙啊。

多少次，我们偷偷潜入杨玉环的闺房？

多少次，我们偷听她和寿王亲热狎语？

多少次，我们偷看她与玄宗交欢的羞态。

然而——

杨玉环不是寿王的玩物。

杨玉环也不是玄宗的玩物。

杨玉环更不是我们两人的玩物。

杨玉环仅仅属于黄鹤一人。

不，杨玉环是黄鹤的道具。

呜呼——

杨玉环是多么美丽的道具。

又是多么悲哀的道具。

后续如何，空海你也都该知道了吧。所不懂的，只是我们的内心而已。

你怎么可能懂呢?

此事我们始终秘而不宣。

十年、二十年，一直隐藏着的内心感情。

连黄鹤都不知道。

然后，杨玉环恢复自由的日子终于来了。

因为安史之乱。

就在马嵬驿。

杨玉环理应恢复自由。

生平首度的自由哪。

玄宗那家伙背叛了杨玉环。

为了保住自己性命，下令高力士杀害杨玉环。

那时，杨玉环恢复了自由。

让她走避倭国，确实是个不错的主意。

我们和阿倍仲麻吕，本来打算带着杨玉环逃至倭国。

即使两年、三年，我们都愿意等下去。

我们也曾想过，如果不去倭国，途中带着杨玉环逃走也行。

我们的师父黄鹤，是个因为恨玄宗而内心都烧焦了的男人。

而杨玉环，也已不适合再待在玄宗身边了。若让本已死亡的她继续待下去，恐怕又会引起祸端。

一切妖怪的怨念，都来自咒术，来自人的内心。

话虽如此，真正可怜的人却是黄鹤师父。

自己的爱妻等于是被玄宗所杀害。

为了复仇，他本想毁灭大唐。

其后却改变了想法。

他认为犯不着亲手杀死玄宗。不如操控杨玉环，让她生出流有自身血脉的皇子，如此他便可以暗中掌控大唐帝国了。

只是，他连这点也无法如愿以偿。

因为，从石棺中挖出的杨玉环，早就发疯了。

这也难怪。

当她在那样的地底醒来，了解自己无处可逃时，想来谁都会疯狂了才对。

就这样，我们又聚会碰头了。

在这华清宫。

那时，我们都发了誓。

再也不让杨玉环到任何地方去了。

不回宫里。

也不去倭国。

更不将她交回黄鹤手中。

于是我们便逃了出来。

我们抛弃了师父黄鹤，也丢下了大唐王朝。

之后，我们是如何度过的呢？

之后——不，关于之后所发生的事，丹龙啊，你也该一清二楚吧。

我们心中暗恋着杨玉环。

即使她已发狂，芳心不知去向，杨玉环依然是杨玉环。

事情变成这样，她才首次恢复自由之身。

真是残酷。

真是残酷啊！

发疯了，才终于能够初次恢复自由。

世间岂有如此悲哀之事？

话虽如此，我们依然爱慕着杨玉环。

正因如此，才会带着她远走高飞。

然而——

我们心里都很清楚，这样的三人之旅很难顺利成行。

我和丹龙，谁能得到杨玉环呢？

有朝一日，我们还是得对此事做一了断。

而那了断，只能经由双方厮杀才能完成。

对此状况，我和丹龙均了然于心。

哎，丹龙啊，对这事，你也应该很清楚的吧。

只是，到底会在何时，又该如何了断此事——唯有这点，当时的我们还一无所知。

何时？

是今天？

明天？

还是后天呢？

到底谁先出手？

我们心里都知道，不管谁倒下来了，胜利的一方必须照顾杨玉环至死。虽然没有明说，但彼此却有共识。

然后，时机终于成熟了。

我和丹龙都已忍无可忍。

像是从身体内部烧焦开来了。

会是今天吗？

我私下正这么想着时，丹龙啊，你却逃走了！

从我们眼前，消失了踪影。

为什么？

为什么要逃走？

为什么你要离开你如此想念的杨玉环？

你是有意将杨玉环让给我吗？

即使是这样，我也不觉得欢喜。

我们都已认定，除了厮杀，别无他法了。而此事，既不能对他人吐露，也无人可理解，纯属我们之间的感情而已。

你我都深信，唯有如此。唯有如此，我们才能守护杨玉环一生。

在旁人看来，这样的想法或许很怪异。

我们却都很清楚，除此之外，别无他法。

只是，丹龙啊，你竟逃走了。

为什么？

我的心，简直要碎裂了。

我不甘心，很不甘心！

不过，老实说好了。

你行踪不明，我觉得这也很好。

可以不必与你厮杀，而能收场了事。

我可以和杨玉环一起过着毫无阻挠的生活。

这样不是很好吗？

我把事情想成这样，事实上，从此我也一直这样认为。

我跟杨玉环的生活，非常快乐。

即使她疯了，我们依然心意相通。

我一直如此想象。

然而……

然而，然而，丹龙啊，你听好。

丹龙啊。

丹龙啊。

我将杨玉环占为己有了。

啊，那真是，那真是，那真是充满喜悦的一件事啊。

当我即将占有这名女人之时，有生以来，我首次理解，何谓男女之乐。

然而——

啊，然而，丹龙啊。

当杨玉环躺在我怀中时，万万没想到，丹龙啊，她竟呼唤起你的名字来了。

【二】

那是地狱。

我和杨玉环交欢。

每次她却总是呼唤着你的名字。

怎么会有这样的事？

因为她疯了，真情流露；因为她疯了，才无法隐瞒内心的真实感情。

因为杨玉环疯了，她才呼唤你的名字！

每次与她燕好，我心爱的女人，却因为欢乐的高潮，而呼唤我之外的男人名字。

世界上有比这更残酷的地狱吗？

我心中不知盘算过多少回，要将杨玉环杀了。

明知她心里爱着别人，我却无法不与她交欢。而每次与她交欢，就愈想杀她。

丹龙啊，于是我开始诅咒你。

三十年来，我一直诅咒着你。

不停地诅咒，我和杨玉环共度的这三十年。

历经蜀地、洛阳、敦煌等许多地方，我一路诅咒你而活了下来。

与杨玉环共处，明明比被狗扒食内脏还痛苦，我却离不开她。

终于，我下定了决心。

丹龙啊，我要把你找出来。把当时未曾了断的事，重新来过。

笨蛋。

我没有哭。

事到如今，我的眼泪早已干涸了。

我们在如此宽广辽阔的土地上，一直在寻找你而不断地漂泊着，从天涯到海角。

苦苦寻找了八年。

却遍寻不着。

我甚至怀疑你已经死了。

不知有过多少回，我想死了心，认定你或许已不在人世。

然而，每次我又会打消这个念头。

你一定还活着。

丹龙不可能死了。

因为连我……连我都还继续活在这世界上。既然我还活着，丹龙，你也应该还活着才对。

你不可能死了。

就这样，十二年前，我们又重返长安。

无论你活在何方，只要你尚在人世，总有一天，你一定会回到长安来。

当你察觉大限将至时，你一定会想起的吧。

想起长安的事。

过往的种种。

然后，你会来到此处。

你情不自禁会这样做。

我知道你会这样做的。

为什么呢？因为我就是这样子。

既然我会这样，你也一定会这样。

我在长安等待着。

改名"督鲁治"，在胡人之间卖艺为生。

我一直等下去。

等着又等着，年复一年，日复一日，我也老了。

我整整等了十年。

这时，连我也开始暗想，莫非你真的死了？

于是，我放弃等待。

丹龙啊，我决定召唤你到长安来。

我的对手，就是此大唐王朝。

我打算凭借咒术，毁灭大唐天子。

我想，如果诅咒大唐天子，风声一定会传到青龙寺和你的耳里。届时你一定会明白，一定会明白是谁在对天子下咒。

你也很清楚，此地曾经被下过前所未有的巨大诅咒。

丹龙。

昔时，我们的师父黄鹤不是曾这样告诉过我们吗？

他说，此地底下有个被诅咒了的大结界。

是千年之前秦始皇命人所下的咒。

师父曾对我们说：

"总有一天，要和大唐帝国决战之时，务必使用此咒。"

在这布满强大咒力的结界中，我们不是曾经造俑、埋俑，将强大咒力移至陶俑身上吗？

当时，我们所埋下的东西，形似于此地下沉睡的无数兵俑。

我心想，若唤醒我们所埋下的陶俑，破土而出，然后下咒，此事一定会传到你的耳里。

而且，到底是谁干了此事，丹龙啊，即使此世间无人知道，你也应该很清楚。

因我下咒而死之人，若都是与五十年前那事件有关，你也该心里有数了。

刘云樵宅邸会发生怪事，就是因其家人与马嵬驿之事有关。

所以，你来到了这里……

只是，意想不到的人也闯入此地。

那就是在场的空海。

来自倭国、不空转世之人。

据说，不空圆寂之日，正是空海出生之时。

换句话说，今晚正与五十年前，我们在此聚首的情景相似。

来，喝酒！

空海啊。

不，是不空！

丹龙啊。

杨玉环啊。

李白啊。

高力士啊。

玄宗啊。

虽然许多人都死了，我们却还活着。

我们活着，然后在此华清宫聚首。

来，喝酒吧！

今天晚上，是我们五十年久别重逢的盛宴哪！

【三】

白龙并未擦拭眼泪。

满溢的泪水沿着皱纹，从两颊滑落，濡湿了袖口。

"白龙，你到底期望着什么？"丹翁问。

"期望？"

白龙含泪望向丹翁。

"啊，你在说什么？丹龙，你怎么会问我这种话呢？"

"你应该懂吧。不说你也应该懂吧？"

"我们在此相逢，是为了解决五十年前的那件事。"

"解决？"

"你明明懂，啊，丹龙，你明明知道的，为何还要问？为何明知故问？是你死还是我亡？我们终将决一胜负。"

"幸存的一方，杀掉杨玉环，再割喉自尽，那就结束了。"白龙说。

一片寂静。

丹翁、空海及白乐天、杨玉环，谁都没有开口。

"我活够了。"白龙喃喃自语。

"哀伤够了……"

低沉、干枯的声音。

"恨，也恨够了……"

篝火熊熊燃烧的铁笼中，火星爆裂四散。

花朵香气消融在黑暗夜气之中。

杨玉环抬头仰望明月。

一片沉静中，唯有白龙的声音响起。

"剩下的，我只想做个了断……"

白龙说出这些话之时，最先察觉异样的是空海和丹翁。

空海和丹翁同时转头望向水池方向。

白龙随即也察觉到了。

"咦。"

"咦。"

空海和丹翁望向池塘。

月光在池面上熠耀闪动。

并非来自风的吹摇。

不是风，而是其他东西，在水面上掀起细微涟漪。

"空海，怎么了？"

随着空海的视线，逸势望向水池方向。

白乐天同样盯着池面看。

丽香也一样。

只有杨玉环还径自仰望着月亮。

喵……

这时，始终安静旁立的黑猫，突然发出尖锐叫声。

啪嚓……

啪嚓……

微弱水声传来。

像是某物跃入水中所发出的声音。

月光下，水池彼岸的草丛中，不知何物在蠢动着。

数量不是一二只。

是数量庞大的某物。

令人生厌的刺耳声音，随风遥遥传来。

湿漉漉的。

像是小虫子。

这样的东西，不止数十、数百或数千，蠕动出声。

若是个别发声，绝对微弱得听不见，由于数量庞大，遂成为有迹可循的声音了。

是令人不由得寒毛直竖的迹象。

声音自彼岸逐渐接近水池，然后跃入。

啪嚓……

啪嚓……

不全然是跳入水中的声音。

爬行似的，宛如蛇行入水之时，

跃入池中的东西，慢慢自彼岸泅游而来。

愈来愈近了。

水面上形成道道波纹，月光随着水面不停晃动。

"是、是什么？"逸势支起腿来。

"不知道。"空海回应。

他也支起了单膝。

"丹翁大师、白龙大师，你们施展了什么吗？"空海如此问道。

"不。"

"这不是我们的咒术。"

丹翁和白龙答道。

波纹愈来愈靠近。

终于——

波纹来到了这一边。

滑溜溜，滑溜溜的。

某物依次爬上岸来。

湿漉黏黏的声音响起，继之，这些东西在此岸现起身来。

强烈的腐臭，传至空海鼻尖。

"这是？！"空海惊叫出声。

见到月光下起身的这些东西，空海终于明白来者是何物了。

没有头颅的狗和裂肚中拖曳内脏的狗、无头的蛇、虫、蟾蜍、牛、马。

正是惨死在"长汤"中的那些东西。

【四】

"这是我下咒用的。"白龙开口。

那些正是白龙用来诅咒皇帝的东西。

狗头从水中爬了上来。

用牙齿紧咬住岸边的岩石、水草，利用牙齿一步步登陆。

多数的狗头，都啮咬住自己的身躯。

无头的狗身，毛皮上垂挂着自己的头颅而来。

狗头之上，又垂挂了好几个无法爬行的蛇头。蛇头借由咬住狗头而上岸了。

牛、马的庞大身影也混杂其中。

腹部拖曳着垂露的腐烂肚肠，无头牛逐渐靠近过来。

鬃毛上垂挂着狗头的马身，也来了。

每一颗狗头，都以炯炯发亮的眼睛瞪视着空海等人。

月光下，狗眼散发出可怕的光芒。

黑猫毛发倒竖，回瞪着它们。

"白龙啊，这真的不是你的咒术吗？"丹翁像确认般地说道。

"不是。我什么也没做啊。"白龙回答。

"空、空海——"

逸势高声惊叫，站了起来。

"逸势，别动。"空海开口。

"不要跨出我布下的结界。"

"什、什——"

逸势不知所措，随后急不可待地跺脚，求助般望向空海。

"宴席四周，已布下结界。被咒术操纵的物体，是无法跨入的。"

空海沉稳地说。

"结、结界？！"

"没错。只要界内之人不召唤的话，对方就无法进入。"

空海语毕，狗群终于来到篝火附近。

火光之中，狗头与狗身分离的狗群正猖獗狂吠着。

由于无法从喉咙送出腹中的气息，狗吠便成了咻咻般的摩擦声。

狗头一吠叫，啮咬住毛皮的下颚便松了开来，狗头于是落地。

滚落地面的狗头，一边嘎吱嘎吱地磨牙，一边依靠微弱呼吸继续吠叫。

只要张大嘴巴，空气就可入喉，狗头正是利用这点微薄空气发声吠叫的。

噢!

噢!

猞吠的狗群数量逐渐增加，一圈、两圈，团团围住了结界守护的绒毯四周。

绒毯前方，狗群不甘心地扭动身子，狗头则发出嘎吱嘎吱的咬牙声。

狗群脚下，还有一群无头蛇在蠕动。

嘎——

嘎——

黑猫发出警戒般的叫声。

它想逃之夭夭。

狗头对黑猫展开攻击。

一个、两个、三个狗头，猫都闪开了。终于，第四个狗头将它咬住。片刻之间，数个狗头接踵而至，猫便在此时被咬死了。

"空、空海——"逸势用求助般的目光望着空海。

"嗯，逸势，你坐下。"空海说。

"或许会是漫长的一夜，但在早上之前终归会结束。"

语毕，空海望向玉莲，又说：

"玉莲姐，你能不能弹个曲子？胡曲或许更好。"

"好，好。"

玉莲镇定地点了点头，把月琴重新抱在怀中。

"那，我弹一曲《月下之园》——"

"是什么样的曲子？"

"据说是胡国君王所作。为了爱人远去、哀叹而死，化为花魂的女子而作的。"

"是吗？"

"为了期待爱人归来，每年，女子之魂让庭院开满美丽的花朵，然而，那人却不曾归来。即使国破家亡，季节一到，女子依然让那满园花开，不过，再也没人前来赏花了。一百年、两百年过去，唯有夜晚的月光，映照满院盛开的花朵。此曲所说，就是这样的故事。"

"请务必为我们演奏一曲。"

"是。"

玉莲点头后，开始弹奏。

怀中的月琴，缓缓鸣响起来。

她同时轻声吟唱。

用的是胡语。

逸势终于坐了下来。

"喂，空海，你老实给我回答。"

逸势的声音，多少恢复了镇定。

"既然不是丹翁大师，也不是白龙大师，莫非这是你做的？"

"我？"

"今天，我们一起去长汤，看到那些东西。当时，你没动什么手脚吗？"

"怎么可能。"

"你偶尔不是会干这种事吗？"

"我没做。"

"知道了。"逸势点了点头，说道，"我也不认为你会这样做。只是想问问你而已。"

逸势仿佛下定决心，环顾四周之后，叹了口气。

"对了，刚才说过，这或许是漫长的一夜。我们何不继续举行宴会呢？"空海说。

"这真是个好主意。"丹翁微笑说道，"那，空海，快给我斟满酒。"

丹翁递出手上的酒杯。

空海为空杯斟满了酒。

"我也要一杯。"

同样，白龙也递出手上的酒杯。

"那——"

空海也为白龙斟满酒。

一旁的丽香，则为白乐天和逸势斟酒。

"对了，空海。"丹翁开口。

"是。"

"依你看，这到底是什么玩意儿呢？"

"这个嘛——"空海望向白龙，说道，"施咒之物，入夜后自行活动，这有可能吗？"

"是有可能。"

"怎么说？"

"即使没人施咒，那些东西也可能动起来。"

"诚然。"

"人如果怨恨太深，死了变鬼也会作祟。"

"那些咒物也是如此吗？"

"嗯，我的意思是，有可能发生这种事。"

白龙虽然这样说，却一副不相信自己所说的口吻。

"其他可能性呢？"

"其他可能嘛，是青龙寺。"白龙说，

"原来如此，是这回事。"空海点头。

"惠果的话，的确有可能。"丹翁说。

"你们在说什么？青龙寺是怎么回事？"

白乐天问空海。

"白龙大师这边，用这些咒物诅咒皇上。青龙寺惠果和尚，则正为了守护皇上而努力。"

"两位大师的意思是，惠果和尚可能用了什么修为大法，将咒物逼回到白龙大师这边了。"

"逼回咒物？"

"是的。"空海点了点头。

"真的是这样吗？"

"还不确定。"

空海摇头，随后望向丹翁。

"虽然不确定——"

丹翁如此接话，同时望向白龙。

那目光仿佛在问什么。

白龙将杯中的酒一饮而尽，说道：

"有方法可以确定。"

"有方法吗？"白乐天问。

"有！"

"什么样的方法呢？"

"只要我和其他人，走出结界就知道了。"

"走出结界？"

"换言之，如果这些咒物是被青龙寺逼回的，那，应该会攻击下咒的我。"

"咒物会攻击白龙大师？！"

"嗯。"

静默中，玉莲的歌声和月琴声响了起来。

宛如倾耳细听那声音，白龙闭上双眼，不久，又睁开了。

他搁下了酒杯：

"那么，得试一试吗？"

语毕，便站起身子。

"不，白龙大师，我并非为了这个而问的。"白乐天慌张地解释。

"不，在你发问之前，我就想到只有这个法子可以一试了。"

"不过，就算这样，一直等到早上也……"

丹翁打断白乐天的话：

"另一个人，就让我来。"

说着，也站起身来了。

"丹翁大师——"空海望着丹翁。

"空海，这事得我才行。"

丹翁用觉悟了一般坚决的声调回答道。

【五】

就在此刻，呵呵的笑声响起。

站起来的丹翁和白龙，低头看了看，想知道是谁，却发现是空海在笑。

"空海，你为什么笑？"

问话的是丹翁。

"丹翁大师、白龙大师——"

空海正襟危坐，双手轻轻放在膝上。

"以肉身闯入咒物阵中，未免有欠考虑。"

"是吗？"

也是站着的白龙转身朝向空海说。

"空海，你是否有什么对策？"

"有。"

空海淡淡回答。

"说来听听吧。"

"白龙大师，我们是什么人？"

"我们？"

"您、丹翁大师和我，均为施咒之人吧？"

"唔。"

"我们看到的这些咒物，都是因咒而动的。"

"然后呢？"

"既然如此，我们也施咒，和咒物们一决高下，这样才合乎情理。"

"空海，你说得没错。"丹翁点头说。

"说说你的对策。"

"不难。这方法，两位都清楚得很。"

"噢。"

"能不能给我两位的头发？"

空海语毕，丹翁和白龙心领神会般颔首，说：

"原来如此。"

"是这么一回事啊。"

"那，就是说，你要下那个咒了？"丹翁问。

"正是。"

空海恭敬地点头。

"这倒有趣。让我见识见识你的本领。"

"唔。"

丹翁和白龙再度回座，各自拔下一根头发，交给空海。

空海从怀中拿出一张纸，折叠后，把头发夹在里面。

"那就动手吧！"

空海自怀中取出另一张纸，又拔出系在腰间的五寸短刀。

他左手持纸，右手握刀，开始裁切。

似乎要裁出某种形状。

丹翁和白龙，一副很清楚空海在做什么的模样，嘴角浮现笑意，凝视着空海的手。

"好了。"

空海裁切出来的，是两个人形之物。

"空海，那是什么？"

问话的是逸势。

"纸人。"空海回道，"如你所见。"

空海语毕，望向丹翁和白龙，继续说道：

"这是贵国传至我日本的咒术……"

"是魇魅吧？"白龙问。

"正是。"空海点了点头。

"在我国，唤作'阴阳师'之人，经常使用此法术。"

"是吗？"

"既然两位都在场，就请赐名吧。"

空海把小纸人分别递给白龙和丹翁。

"刀给我。"白龙说。

空海交出闪亮的小刀，白龙持握在手，贴在左手食指尖，浅浅划了一刀。

"反正要写，就用自己的血来写，这样比较有效吧。"

白龙将涌出鲜血的指尖，贴住纸人，写下了自己的名字。

"那，我也学白龙。"

丹翁如法炮制，也以鲜血在纸人身上写下名字。

"这样就行了。"

"空海，你拿着。"

丹翁和白龙，把写上血名的纸人交给空海。

"错不了了。"

空海接过纸人，打开折成两半的纸，说：

"这是丹翁大师。"

空海随即拿出一根毛发，将它绑在写有丹翁名字的纸人头上。

"这是白龙大师。"

空海也对白龙纸人，做出同样动作。

"那，谁先去？"

"我先！"白龙说。

"知道了。"

空海左手持着写有白龙名字的纸人，右手指尖搭在纸人身上，声诵念起某种咒语。

诵念结束，便往纸人身上吹了口气，再往地上搁去。

纸人双脚接触地面，成为竖立状，空海这才松开握住的左手。

放手后，纸人理应瘫倒，但那白龙纸人却没有。

"啊！"逸势轻叫出声。

在众人注视之下，纸人开始跨步行走在绒毯上。

白龙纸人向绒毯末端走去，然后直接走出结界。

冷不防——

纸人才踏出结界外的一瞬间，异形狗头、狗身突然骚动了起来。

霎时间，狗头蜂拥而至，争相啃噬、撕裂纸偶。

纸人所在之处，狗头、狗身层层交叠，形成了怪异的小丘。

小丘正骚动个不停。

始终没有减小。

狗头吞下碎裂的纸片，随即自颈部断口穿出。其他的狗头、蛇等，也看准了碎纸而动。

小丘之中，一直重复这样的情景。

"这个很有看头。"白龙说。

"那，接下来换丹翁大师。"空海道。

竖好丹翁纸人，空海才拍手作响，纸人马上跨步而出。

踏出结界之外的瞬间，也发生了与白龙纸人相同的事。

无数的狗头、蛇等，攻击丹翁纸人，又形成了另一座小丘。

"看来不像是青龙寺逼回的诅咒。"空海说。

如果这些咒物是因青龙寺反制而起，那么，比起丹翁纸人，应该会有更多狗、蛇攻击白龙纸人才对。然而，两边却一样，攻击数量并无多大差别。

"似乎如此。"

"嗯。"

白龙和丹翁分别点了点头。

"空海先生，那，这究竟是——"白乐天问道。

"我也没有眉目了。"

空海又望向白龙和丹翁。

此时，"空、空海——"叫出声的人是逸势。

逸势伸手指向池子的方向。

空海转头望向那边。

他随即明白，逸势是看到了何物而惊叫出声。

燃烧的篝火前面——有个人站在月光之下。

人影巨大。

"大猴。"逸势唤道。

果然没错，那是大猴。

大猴终于回来了。

"空海先生，这是怎么一回事？"

大猴大声叫道。

狗、蛇群聚在大猴身上。

狗头正啃噬着大猴的小腿、脚踝。

大猴抬腿猛踢这些狗头，把狗头踹开。

大猴的衣裳、身上各处都被狗头咬住，衣摆下垂挂数个圆状物。

大概是紧咬住衣服的狗头吧。

大猴伸手揪扯衣摆下的狗头，将之掷开。

大猴似乎想要走进结界，却由于狗尸、蛇尸遍地，动弹不得。

"大猴！"逸势大叫出声。

"这些到底是什么鬼东西？"

大猴边喊边靠近过来。

他的手脚，已有多处咬痕，鲜血直流。

小丘中，无头牛尸突然站起身子，朝大猴身上猛扑过去。

大猴急忙伸出双手，一把抱住，使劲丢向前方。

"空、空海，快想想办法帮忙吧！"逸势说。

"且慢，逸势，现在——"

空海说到这里，逸势已出声喊道：

"大猴，快，快进来。"

话才一出口——

"笨蛋！"

空海伸出右手，捂住逸势嘴巴。

"不能叫他进来的。"

空海叫出声来。

"什、什么？"

逸势用难以置信的目光望向空海。

"空海，你刚才说什么？"

空海只是静静地摇头。

逸势转而望向大猴。

大猴已来到眼前。

他站在结界外侧，望着逸势，露出得意的笑容。

大猴晃动着巨大身躯，大步走进结界。

他的腰际垂挂着一个物体。

那不是狗头。

是人头。

一颗人头垂挂在大猴腰际。

人头的毛发曳挂在腰带上。

大猴一把抓住人头的头发，以左手高举过头。

丽香高声哀号了出来。

是子英的头颅！

【六】

白龙从怀中掏出两根针，握在双手里。

丹翁手上也紧握方才割指的小刀，摆好架势。

两人都已站起来，微微沉下腰来，作势戒备。

"空海，这人，杀了也没关系吗？"白龙低声道。

"杀了吧……"

空海还没开口，大猴便抢着回答。

"尽管杀吧！"

大猴得意地嗤笑着。

"他不是大猴。"

此时，空海开口了。

"什、什么？！"逸势叫出声。

"这人，身体是大猴的，心却不是，有人暗中操控着他。"

咯。

咯。

咯。

大猴含笑以对。

笑声愈来愈大。

"空海，你看——"

逸势伸手指向大猴后方。

狗头、牛尸，在月光下蠢动着。

黑暗中又有个物体现身，慢慢走向该处。

"那是？"

"是俑！"

白龙和丹翁同时叫出声。

的确是俑。

空海和逸势都曾看过的。

正是他们在徐文强棉田里遇见的兵俑。

那兵俑悠哉地一步步靠近过来。

"除了我们，应该没人能让那东西动——"白龙说。

此时，"喝！"

大猴吼了一声，抛开子英头颅，向前作势扭住白龙。

"嗖！"

白龙掷射出手上的一根针。

长约八寸的针，刺中大猴喉咙。

"吼——"

大猴扭头，眼珠来回翻转，然后瞪视着白龙。

"搭成了……"大猴用着仿佛他人的口吻说道，"大猴是桥——"

如此喃喃自语后，大猴缓缓仰面倒地。

"糟糕！"

叫出声的是空海。

"大、大猴——"

空海制止欲趋前察看的逸势。

"太晚了。"

"你说太晚了，是怎么回事？你说糟糕，又是什么意思，空海？"

逸势拼命喊道。

"我是说，桥已搭成了。"

空海注视仰卧在地、巨大的大猴躯体，回答道。

"桥？"

"没错，是桥。"空海说。

大猴向后仰倒的方向，正是绒毯外侧——令人厌恶的咒物尸骸堆中。

他的下半身留在绒毯这边，上半身倒在妖兽群中。

换言之，大猴半身在结界之内，半身在结界之外。

也就是说，结界内外，已经搭上一座桥了。

大猴的躯体，便是那座桥！

"看——"

空海开口。

可怕的事情发生了。

狗头、狗身蠢蠢欲动，正要爬上大猴的上半身。

这些咒物，在大猴身上不断爬行，想要侵入这边。

"什、什——"

逸势发出绝望的声音。

四周的狗头、狗身、无头蛇……这些咒物，均以这一座桥为目标，慢慢集结过来。

"把大猴的身体拉进——"

"没用了，逸势——"空海摇头说道。

"一旦桥搭起来，就无计可施了。"

"都怪我太鲁莽了。"白龙一边说一边仰望夜空。

"如果要逃的话，可以往上……"

"往上。"

"唔。"

白龙走了几步后，停了下来。

一根绳索，落在白龙脚下。

那是不久前白龙自天而降时使用的绳索。

"就用这个。"

白龙伸出右手，拾起绳索一端，嘴唇贴靠绳上，低声诵念咒语。

然后，松开右手。

绳索却没掉落地面。

悬空飘浮着。

白龙继续细声念咒。

冷不防——

悬空的绳索，滑溜地向天际蹿升起来。

"空、空海，他们要来了！"

逸势叫道。

一颗狗头已从大猴身上，爬到绒毯上了。

"唔。"

丹翁抬起腿，一脚将狗头踹出结界外。

"我、我也来帮忙。"

白乐天赶忙向前，用琵琶将爬进来的狗肚、狗肠扫到外面。

"我也来，我也来帮忙！"

逸势也用脚把再度侵入的狗头踹出外面。

丽香和杨玉环依然端坐不动。

丽香坐在贵妃前面，作势保护。

玉莲则支起脚，瞪视着那群想要侵入的咒物。

"空海先生，我该怎么办？"

玉莲比预料中更镇定地问道。

"拿笔来。"空海吩咐。

"是。"

玉莲应了一声，伸手取来方才使用过的笔墨。

空海早自怀中掏出一张纸。

接过笔后，空海在纸上沙沙快写。

此时，朝天伸展的绳索，已升至高空彼方。

上头是一轮明月。

"我先上去。"白龙说。

"丽香，我一从上面示意，你马上带着杨玉环爬上来。"

"是，是。"丽香猛点头。

"你打算做什么？"

一边踹踢狗头，丹翁一边问道。

"从这儿逃走。"

白龙的双手已抓住绳索。

"什么？"

"我们先攀上去，随后你们也来。我和你之间的事，待逃离这儿之后，再解决吧。"

白龙的身子已攀升五六尺之高。

兵俑也已逼近眼前。

若仅是狗头、蛇尸等咒物，跨桥而来的数量有限，或踢或扫，总还有办法应付。

但假如兵俑也侵入了的话——

"空海，还没好吗？"丹翁问。

划下此结界的人是空海。

因此，若要将缺口再度封锁，空海是不二人选。

为了让空海有时间封住缺口，此刻，丹翁正拼命将狗头踹踢出去。

"好了。"

空海手上握住不知写有什么的纸张，站了起来。

是灵符——

186

用来封锁结界缺口。

兵俑愈走愈近，正打算跨步上桥时，空海将手中的灵符放在大猴脚上，急促诵念咒语。

兵俑停了下来。

无法跨步走上桥。

即使数度尝试，仍然无法得逞。

不仅兵俑。

蛇尸、狗头等咒物，也都过不来了。

"空、空海，成功了——"

逸势瘫软了下来。

此时，天空某处却传来令人毛骨悚然的叫声。

"啊……"

随后，自天而降的是苦痛的呻吟声。

"你、你、你……"

空海和丹翁抬头仰望。

月亮高挂天际。

绳索笔直地蹿向月空。

宛如自月亮上坠落，有东西沿着绳索掉了下来。

掉到绒毯上时，发出声响。

是人。

满身鲜血的白龙。

短剑刺中他的胸部中央。

"白龙大师！"

丽香奔到白龙跟前。

令人恐怖的声音再度从天际响起。

宛如蟾蜍的叫声。

咕呜。

咕呜。

咕呜。

咕呜。

原来不是蟾蜍叫声。

而是人的笑声。

某人在半空中冷笑着。

"我现在……"

低沉的话声自半空传来。

笑声再度响起。

咕呜。

咕呜。

咕呜。

咕呜。

笑声慢慢地自天空逼近。

"那是？！"

玉莲手指向绳索上方。

根本不需要手指。

众人全看见了。

月光下，某人正沿着伸向天际的绳索走下来了。

慢慢、慢慢地。

宛如星点般渺小的身影，愈变愈大。

那是人。

而且，那人并非手握绳索滑落而下。

他是沿着向天笔直伸展的绳索上，垂直走下来的。

那人面孔朝下，仿佛一步步走在水平绳索之上，自天而降。

是个老人。

猫形般矮小的老人。

佝偻弯背，颈脖宛如木棍般细小。

头顶几已全秃，仅有少许白发纠结在耳朵四周。

老人须髯很长。

白发与下颌须髯，随风飘荡着。

他身上裹着褴褛的黑色道服。

老人以瘦削赤脚的脚趾夹住绳索，在月光下、暗夜中踩踏绳索而下。

老人身影愈来愈大，最后，踏落绒毯之上。

是个弯腰驼背，宛如蹲踞在地上的老人。

"好久不见了，丹龙……"

老人用几乎听不到的声音说道。

丹翁的声音卡在喉咙深处，发不出来。

他似乎知道老人是谁。

嘴巴却说不出话。

"我是黄鹤……"老人说。

历经岁月风霜的老人。

八十岁——

九十岁——

不，看来早已超过百岁的老人。

"黄鹤师父。"

丹翁终于叫出老人名字。

"我们终于相见了……"

那老人——黄鹤回道。

【七】

"怎、怎么可能？"

丹翁仿佛舌头不灵光，无法好好说出话来。

空海也是头一回见到黄鹤。

"您不是死、死了——"

"死了？"

黄鹤用沙哑的声音回问。

"你何时见过我的尸体？又在何处见过我的尸体？"

皮包骨模样的老人，露出数颗仅存的黄牙冷笑着。

"可是，您的年纪……"

"我的年纪？"黄鹤的嘴唇往上扬，说，"年纪又怎样？超越岁月、时间和一切，才是方术之士。这是我的秘法。"

黄鹤自怀中取出一根长针。

月光之下，长针发出耀眼的光亮。

"那，您是使用那个秘术？"

“嗯。”黄鹤出声回答。

“那时，对玉环施行的秘术，我也用在自己身上。”

“尸解法……”

“没错。”黄鹤颔首。

昔日，黄鹤曾于杨玉环身上施行此法。

也就是让人吞下尸解丹，在后脑勺扎针，极度推迟人体生理作用的秘术。

“只、只不过……”

丹翁为之语塞了。

像是不知该如何问，而一时说不出话来。

“为什么您一人也可以办到？”

空海代丹翁问道。

“你是……”

黄鹤望向空海。

“吞下尸解丹、扎针，或许单独一人也能完成。不过，之后若想要醒转过来，则必须托人帮您拔针。”

“你也知道尸解法？”

“是的。”

“尊姓大名？”

“在下空海。”

“我听大猴提起过。来自倭国的僧人，原来就是你？”

“是。”

“是来自晁衡故国的男子？”

“不空和尚圆寂那一年，我出生在倭国。”

"哦。是不空吗？这名字听来很是令人怀念。"

黄鹤缓缓地环顾四周。

此处是华清宫极其荒芜的庭院。

月光中，牡丹缭乱盛开。

宴会已准备完成，篝火正在燃烧。

围绕四周的，是一群奇形怪状的异物。

"我们曾群集此地。玄宗、玉环、晁衡、高力士、李白那家伙，还有不空也……"

黄鹤的眼睛来回逡巡，仿佛在舔舐着华清宫。

"每个、每个人虽然都居心叵测……"

说到此，黄鹤哽咽难言。

"却很华丽。"

"很华丽，而且，大家都活着。"

"如今，谁也不在了……"

黄鹤喃喃自语时，倒卧在地的白龙发出低沉的呻吟声。

"白龙……"丹翁走近说，"还活着。"

他抱起了白龙的头。

"我不会杀他……"

黄鹤喃喃自语般说道。

"我们累积了许多话还没说。在说完话之前……"

丽香走近白龙身边，手按刺入白龙胸口的短剑，作势拔出。

"别拔！"黄鹤说。

"拔了，血流出来，死得更快。那把短剑可以止血……"

黄鹤冷笑道。

白龙终于睁开了双眼。

"黄鹤师父所说没错。反正命已不保，抢救也无济于事。"

白龙开口了。

恍如求救一般，丽香望向空海。

空海非摇头非点头地望着丽香，喃喃说道：

"谨遵白龙大师所愿……"

丹翁将白龙的头部搁在自己膝上。

"继续吧。"白龙气若游丝地说道。

空海再度望向黄鹤。

"刚才你说，曾听大猴说过。"空海问。

"没错。"黄鹤答道。

"这么说来，大猴是……"

"我的仆人。"

"什么？！"

叫出声的，不只空海。

逸势、白乐天也同声惊呼。

"我啊，这五十年来，一直以尸解法沉睡……"

黄鹤用干枯的声音解释。

"每十年醒来一次。这回是第五次醒来。"

仿佛等待谁来问话，黄鹤环顾众人。

无人出声。

大家都在等待黄鹤继续说下去。

"我使弄人让自己醒来。靠着法术，操控那人。每过十年，他就会回到原地，从我沉睡的后脑拔出针来……"

黄鹤缓缓落座，继续说道：

"拿酒来……"

玉莲递给黄鹤一个琉璃杯。

黄鹤用瘦削、枯枝般的手指，握住杯子。

玉莲斟上葡萄酒。

黄鹤把鼻子凑近，嗅闻葡萄酒的香气。

"真是香哪……"

举杯凑至唇边，黄鹤仰头一饮而尽。

松皱的喉头，喉结二度上下。

黄鹤将酒杯搁在绒毯上，放开了手指。

"那人平时不知已被我操控，十年一到，他自然会想起。想起来时，就会回到我这儿，拔出针……"

"十年之间，万一那人死了呢？"空海问。

"那我大概会睡上一百年，干枯而死吧。若是那样，也就那样了。万一我暂眠的墓地崩坏倒塌，一样活不了。不过，我会设法不让这样的事发生……"

"你下了什么功夫呢？"

"比方说，找个像大猴这样强壮的人来操控。暂居的墓地，也尽量挑选不会引人注目的地方。比方说，这华清宫。"

"这里吗？"

"在骊山。"

黄鹤仿佛微微笑了一下。

"玄宗那家伙在玉环醒来时，为了暂时安置她，在骊山中建造了秘密行宫。隐秘的行宫地底，有石砌的密室。知道这回事的人，早在五十

194

年前就都不在了。我便将它当作沉眠之所。"

黄鹤再度拿起酒杯。

却没举杯饮用。

他手握酒杯，盯着深红色的酒看。"这还需要些必备之物。"黄鹤说。

"必备之物？"

"就是血。"

"血？"

"沉眠时间长达十年，就算身体涂上再厚的油脂，水分也会散失。为了补充水分，也不得不补充食物。"

"唤醒我的人，便成为我醒来时的供品。"

"所以说——"

"醒来之后，我当场便杀了他，然后吸食他的鲜血。"

"什么？！"

"大约生活一年之后，我会继续寻找下一位受操控者，再睡十年。就这样反复进行。"

"但是，大猴呢？"空海问。

"你是说，我为何没吸大猴的血吗？"

"嗯。"

"因为另外有人先成了我的供品。"

"子英？！"

"没错。有个男人尾随大猴，于是我亲手杀了他，吸食他的血……"

玉莲惧怕得面孔扭曲，手上的葡萄酒瓶不自觉地竟坠落地面。

美酒溢流，在绒毯上不断扩散着。

"话虽如此，当我听到大猴说，众人会集华清宫时，还是吓了一大跳。我内心暗忖，那一刻难道终于来临了？"

"那一刻？"

"我们再度集首的时候。"

"就是为了此刻，我才苟活至今。为了此刻，我决定不死，要超越时空。结果来到这儿，竟然发现，啊，白龙和丹龙也都在。"

黄鹤没有继续喝酒，又将酒杯搁回绒毯上。

"玄宗是我杀的。"黄鹤说。

"玄宗的儿子肃宗，也是我杀的。"

"那高力士呢？"

追问的人是空海。

黄鹤望着空海的脸，问道：

"你知道什么内情吗？"

"我读过高力士大人寄给晁衡大人的信。"

"啊——"

黄鹤叫出声来。

"你读了？你读过那封信了吗？"

"是的。"

"难怪你知道。那家伙在朗州病倒时，写了那封信。"

"此事也写在信中了。"

"我没对他下手。我只在一旁看着他，直到他过世。"

"送终之人有谁？"

"仅有月光和我。"

"那权倾一时的高力士，竟是我这逆贼黄鹤为他送终的。"

"噢——"

"而且，谁也没想到，我竟双手紧握那我本应恨之入骨的男人的手……"

"那家伙，临死前对我说……"

黄鹤用沙哑、细小的声音说着。

谁也没有出声。

都在静待黄鹤的下文。

"如幻似梦的……"

说到此，黄鹤哽咽不能言。

泪水潸潸而下。

"如幻似梦的一生……"

"当时，我本也打算一死。不过，高力士的死，却让我决定活下来。"

"为什么？"

"嗯，不空转世，当时在此华清宫对玄宗一吐为快的不空转世了。倭国沙门哪，你问我为了什么？"

"是的。"

"我是为了一睹自己的幻梦结局。"

"我想知道，丹龙啊、白龙啊，那时你们究竟为什么？"

黄鹤望向两人，继续说道：

"究竟为什么要弃我而去？丹龙啊，难道你忘了，幼时被我拾回收养的抚育之恩。白龙啊，玉环到底变成怎样了？不问清楚这件事，我怎能甘心死去？我是那场幻梦的最后幸存者。不问清此事，我怎么能死呢？我怎么能在还未目睹高力士、玄宗、安禄山、杨国忠、晁衡和我们这一群人的幻梦结局时，就死去了呢？"

"师父……"

开口的是丹翁。

他早已泪流满面。

"您看！"

丹翁用眼光朝旁边示意。

月光之中，一名老妇站立着。

老妇在月光中伸出手来，指尖缓缓穿过半空。

牡丹之花。

老妇看似在盘旋起舞。

纤细的声音不知唱着什么歌。

云想衣裳花想容，

春风拂槛露华浓。

是李白的《清平调词》。

"什……"

黄鹤哽咽无声。

他凝视着那名老妇。

"难、难道、难道她是……"

黄鹤挺起身子。

"是玉环。"

丹翁说道。

【八】

"我们两人、我和白龙一直爱慕着玉环小姐……"

"什么？！"

"正因为这样，当时，我们三人才从华清宫逃走了。"

一边听着丹翁述说，黄鹤一边凝视在月光下起舞的杨玉环。

"当时，不空和尚为何而来，我们马上知道了。如果不空和尚和盘托出，我们的性命势将难保。我们当时如此判断。"

"没想到——"

"会抛弃师父逃走，全因为我们认为不能再让玉环小姐待在您身边了。玉环前半生，被您当作道具操纵。她和寿王好不容易开始和睦相处时，因为您的算计，硬逼两人分手，好将玉环转投玄宗怀抱……"

"您大概不知道，当时玉环曾试图自杀。"

"什么？"

"她曾打算自尽。"丹翁说。

"是我们劝住她的……"

白龙细声接话说道。

"就算嫁给玄宗之后，她的内心也没有一天得到过自由……"

"然后，安禄山之乱时，又遭逢那样凄惨的处境。"

白龙边说边流泪。

"最后，玉环终于发疯了，发疯了……"

白龙的声音不停颤抖。

"发疯之后，她的灵魂终于恢复自由。事已至此，难道您还打算拿玉环当作什么道具吗？"

丹翁接下白龙的话，继续说道：

"我们再也不能坐视玉环变成您的道具，所以才带着她，逃离了华清宫。"

"不过，丹龙啊，后来你又为何逃走呢？"白龙奄奄一息地问。

"玉环爱慕的人是你，不是我。她喜欢你。你应该知道吧？"

丹翁没有回答。

只是痛苦地缓缓摇头。

"你不说，我也知道。是你把玉环让给了我。你把杨玉环让给了我，结果，却让我跌入了痛苦的深渊……"

"当时，我便想死。你知道的吧。"

"白龙……"

"我始终明白，玉环对你情有独钟。所以，我一直想死在你手下。你却遁逃走避了。留下我和玉环……"

白龙说到这里，猴脸老人——黄鹤出声了。

"且慢，丹龙、白龙……"

黄鹤将已经抬起一半的身子继续往上抬。

"你、你们现在说的是什么？你们究竟在说什么……"

"您不都听到了吗？丹龙将玉环让给我，人跑了。所以，我和玉环一起踏上旅途……"

"旅途？我不是在问这件事。我是说，你们两人，白龙啊，玉环和你，你们已结为夫妻了？"

"当然……"白龙喃喃说道。

"发狂了似的与她结为夫妻了。即使每次共眠时，玉环都会呼唤丹龙的名字，我还是无法不与她结为夫妻。"

"这、这——"

黄鹤又跌坐绒毯之上。

"你怎么、你怎么做出这种事……"

黄鹤全身发抖。

"您是什么意思？"丹翁问。

"呵呵……"

黄鹤低声笑了起来。

"呵呵呵、哈哈哈……"

黄鹤的笑声之中，有一股令人寒毛直竖的可怕意味。

"原来如此，原来竟是这样……"

呵呵……

哈哈……

咯咯……黄鹤笑个不停。

"这有什么可笑的呢？"白龙问。

"当然可笑，怎么能不笑？哎，罢了，罢了。这都是命吧。"

"什么？"

"我黄鹤一生依靠操纵人心阴暗面而活。最后，竟是这样的结果……"

"师父，您怎么了？"

丹翁变成高跪的姿势。

"我不是说了，这是命！父亲刺死儿子也是命……"

"父亲刺死儿子？"

"啊，正是。"

黄鹤手按腹部，望向一直注视着自己的白龙。

"我说过了。我和蜀地杨玄琰之妻，生下一个女孩，那是玉环——

"此事我曾向高力士说过。不过，还有一件事，没告诉高力士，也没告诉你们。不，我曾对高力士透露了一点。"

"您是说，杨玄琰之妻生下玉环之后，又生下一个孩子那事？"丹翁问。

"没错……"

黄鹤喃喃低语。

一阵令人不寒而栗的沉默。

沉默中，传出黄鹤的声音。

"白龙啊。你正是我的儿子。"

"什……"

"你正是继玉环之后，杨玄琰之妻为我所生的儿子。"

"正因为如此，我才把胡国所有的秘法、秘术都传授给了你。也正因如此，你才会和我一样，有一对带着绿色的眼眸……"

"杨、杨玉环，是我的，姐姐……"

"是的。"

此时，野兽般号叫的声音传来。

那是白龙口中怒泄而出的声音。

他的牙齿嘎嘎作响，嘴角冒着血沫，大声号哭。

白龙左右甩头。

血水、泪水纷飞四散。

随后，支起双膝双手，按住腹部，站了起来。

号哭无从抑制。

扭曲身子也不能稍减。

那股身不由己的情感，正猛烈折磨着白龙的内心和肉体。

"为什么、为什么你不说……"血沫四溅中，白龙问道。

"说出来，怕你会对她萌生姐弟之情吧。我暗想，如果你对她产生姐弟之情，我就不好使唤玉环了……"

"可——可是，玉环是父亲——是父亲的女儿，不是吗？"

白龙努力挤出声音说。

他伸手握住短剑，用力将剑拔了出来。

鲜血迸涌喷洒。

"正因为是亲生女儿，才会拿她来毁灭大唐王朝。"

"您根本不是人！"

"一点没错，我不是人！我是个为了吞食黑暗人心而活的妖物。我是个连自己的黑暗之心都要吞食的非人类……"

"没想到、没想到……"

抛掉短剑后，白龙依然站立着。他将右手插入腹部伤口。

插不进去。

他以左手手指插入，撕裂肌肉，唰的一声，活生生扯开了伤口。

再以右手插入。

"好痛、好苦……"

"好痛、好苦哪……"

白龙依然挺立着。

右手从腹中拉出某物。

原来是他的肠子。

"比这种痛还要痛。比这种苦还要苦哪！"

"白龙啊，你先走……"黄鹤温柔地说道。

"我随后就来……"

黄鹤起身，走到白龙跟前。

"白龙啊。"

黄鹤抱起白龙的身子。

"若你要等，别忘了要在地狱等我。"

黄鹤在白龙耳畔喀嚅低语。

"知道了……"

点头同意的白龙，嘴唇仿佛浮现一抹微笑。

"丽、丽香……"白龙说，"你恢复自由了。虽然我抚育你，把你当仆人使唤，但从今以后，你就是自由之身了。"

"白龙大师……"丽香说道。

白龙又望向空海。

"空、空海……"

"是。"

"承蒙您的款待……

"真是一场盛宴……"

语毕，白龙抬头仰望夜空。

眼睛直视天际。

月亮高高挂在天空。

不知白龙是否看到了那月亮。

他仰天凝视，终于停止了呼吸，瘫卧在地。

"白龙大师……"

丽香趋向前去。

呵呵……

哈哈……

咯。

咯。

咯。

黄鹤再度发出低沉笑声。

笑声很是干涩，听起来不像在笑。

杨玉环还继续在舞蹈。

此地到底发生了什么事，她知或不知呢？

她在月光中抬起白净纤指，仿佛搅拌月光一般，摩挲着夜空。

若非群玉山头见，

会向瑶台月下逢。

杨玉环用细弱得有如即将消失的声音唱着歌。

李白的《清平调词》。

空海注视着杨玉环。

她的眼中闪现着泪光。

原来杨玉环一边哭一边起舞。

此时，空海心念一闪。

"贵妃娘娘！"

空海出声唤道。

空海开口之时，杨玉环已经行动了。

她踩踏着舞步，以迅雷不及掩耳的速度靠近黄鹤。

砰！冲撞了上去。

"贵妃娘娘！"

空海起身时，杨玉环又从黄鹤身上离开了。

黄鹤胸前，冒现一截刀柄。

是刚才白龙抛掉的那把短刀。

【九】

黄鹤站立在原地。

站立不动，视线则移向自己胸口冒出的那把短刀。

随后，黄鹤抬起头来，将目光投向杨玉环。

杨玉环的脸庞，即使在月光之下，也看得出苍白异常。

涂抹胭脂的红唇，微微抖动着。

"玉环，你……"

黄鹤似乎想问她什么。

然而，却没说出来。

不用问，黄鹤似乎已经理解了一切。

"原来如此……"

黄鹤低声自语。

然后，又低头注视插在胸口的短刀。

"的确应该如此，的确应该如此……"

他微微颤动着下巴，点头说道：

"恐怕也只能这样了。"

黄鹤再度望向玉环。

"对不住啊……"黄鹤说道，"我把你当成自己的道具，还杀害了许多人。这也算是我的报应……"

黄鹤上半身剧烈摇晃了一下。

玉莲正想奔过去扶他一把。

"不必了。"

黄鹤举起左手制止玉莲。

他望着贵妃。

"在马嵬驿，我真的想尽办法要救你。不过，还是无法如愿……"

黄鹤咳了好几下。

鲜血自唇角流出。

"原谅我……"黄鹤用沙哑的声音说。

他在哭。

黄鹤眼中流出晶莹的泪水，濡湿了眼眶四周的皱纹，顺着脸颊滑落下来。

"请原谅这个父亲……"

那声音已微弱得几乎听不见了。

"真可怜，真是悲哀哪。最后，难道已经没有我能为你做的事了吗？"

黄鹤上半身又剧烈摇晃起来。

他用枯瘦如柴的双脚尽力支撑着。

仰头望着天边的月亮。

"有，还有一件事……"

黄鹤喃喃自语。

线视移至地上人间。

唇角微微上扬，黄鹤好像笑了。

"啊，皇上，您也来迎接我了吗……"

黄鹤一边凝望着虚空，一边说道：

"啊，高力士大人，真是令人怀念啊。我马上就要到您那边……"

黄鹤的双眼望向逸势。

"晁衡大人，我这一生虽然犹如禽兽，不过，这样的一生，也很有趣……"

然后，目光转到白乐天身上。

"李白大人也来到了吗？真是羡慕您啊。拥有如此绚烂的才华，尽情挥洒在人间，然后大醉走向阴间。您明明喝醉酒了，还想要伸手捞月，而自船上落水而死……"

黄鹤低声笑道：

"李白大人，您是故意的吧。那时，您早就写好适合醉仙之死的诗句了吧。那首诗的结尾，真的、真的太好了。"

黄鹤的眼睛，又望向空海。

"这不是不空大师吗……"

黄鹤嘴角汩汩流出鲜血。

他用非常哀伤的目光望向空海。

"一场梦……"

他以微弱的声音，如此喃喃自语。

"我的一生，实在像是一场幻梦……"

黄鹤的头向后仰，又倒向前。

"这场梦，就以这种方式结束吧……"

黄鹤双手握住自己胸口的刀柄，用力拔了出来。

插入短刀之处，喷出惊人的血量。

黄鹤望向杨玉环。

"总不能让你背负弑父的罪名吧。"

他以十分慈爱的目光笑着说道。

紧握短刀的双手，将刀架在喉咙左侧。

"再会了。"

一刀刺入，再将刀刃往右拉。

拉完时，黄鹤也仰卧在地了。

叠躺在白龙身上，气绝身亡。

有人发出野兽般的呻吟。

是杨玉环。

她正在恸哭。

众人一句话也说不出来。

只有杨玉环的哭声回荡在静空之中。

结界之外，不停骚动的狗头牛尸等各种咒物，也早已停止动作。

四下寂静无声，只有杨玉环的恸哭声。

空海慢慢走近杨玉环身边，将手温柔地搁在她的肩上。

"您，其实早就清醒过来了，是吧？"

"是的……"

杨玉环一边哭泣一边点头。

"十二年前回到长安之后，我便醒过来了……"

"您却依旧装出发疯的模样？"

"因为发疯比较快乐……"杨玉环说。

这时——

"死了……"

有人在喃喃低道。

是橘逸势。

"都死了……"

逸势步履蹒跚地往前跨步,站到空海眼前。

"空海啊……"

逸势满脸悲戚地望着空海。

"难道你也无法帮忙?"

他一把抓住空海的衣襟。

"难道不能让死去的人再度活过来?"

空海无言地摇头。

"怎么会没办法……"

逸势猛烈摇动空海的胸口。

"你让白龙活过来,让黄鹤活过来,让大猴活过来,子英活过来。空海,你总要想想,想想办法啊——"

"我办不到。"空海回答。

"你说什么?你是个厉害无比的家伙,你不是无所不能的吗?你不要撒谎!"

"逸势,很抱歉。此事我真的无能为力。"

"佛法呢?你说的密法呢?"

逸势高声大叫。

"为什么办不到?"

"对不起,逸势。我无能为力。无论任何人,用任何方法,都不能让死者复活。"

"笨蛋!"逸势叫道。

"空海先生——"

玉莲望着空海。

空海以哀伤的目光回望玉莲。

"玉莲姐……"

空海垂头丧气地喃喃自语。

杨玉环一步、两步，走向黄鹤遗体，跪在一旁。

此时，杨玉环已停止哀号恸哭。

她搂住黄鹤及白龙的遗体，这时，又以压抑的声音哭了起来。

空海跪在杨玉环身旁，扶起她那瘦弱的弯背。

"请原谅我。我什么忙也帮不上……"

空海只能搂住眼前这位瘦弱的老妇。

"我只是个无力的沙门……"

空海也哭了。

"如果我没举行这场宴会，或许……"

打断空海的话语一般，杨玉环猛摇头。

"不！"语毕，杨玉环扭动身子，再度摇头，"不、不！"

杨玉环转身望着空海。

"这能恨谁呢？究竟能恨谁呢？"杨玉环说道。

"假如没有这场宴会，假如大家没来到华清宫，我们往后……"

说到这里，杨玉环几乎说不下去了。

"这世间，有什么可以恢复原状的？已经消逝了的东西，究竟有什么是可以重新来过的？正因为如此，正因为如此……"

话语转为呜咽。

再也说不下去了。

过了一会儿，杨玉环的呜咽声慢慢沉寂下来。

她温柔地摆脱空海的胳臂。

慢慢站起身子来。

抬头仰视月空。

再望向四周缭乱盛开的牡丹花。

天衣、麟凤、葛巾紫、青龙卧池、白玉宝、红云香。

白、绿、紫、黄、红、黑，缤纷多彩的牡丹花，在月光下摇曳生姿。

"荔枝真是好吃。"

杨玉环缓缓作揖致意。

"多么好的一场盛宴啊。"

杨玉环的眼眸望向丹翁。

"还能再度目睹此这间别离，我已了无遗憾了……"

先前，黄鹤一直握着的短刀，此时到了杨玉环手上。

杨玉环动手了。

短刀利锋刺入喉咙之前的一瞬间——

丹翁身影也动了。

丹翁的右手紧握住杨玉环手上的刀刃。

"且慢，玉环。"

鲜血从刀刃上滑落，流到杨玉环的指尖。

"丹龙……"

丹翁夺下短剑，跪了下来。

"玉环……"丹翁以颤抖的声音呼唤道。

"这五十年来，我从未将您忘怀。"

丹翁仰望杨玉环。

"拜托您。虽然我不知道我和您还能有多少时日，但请您千万，千万别……"

说到这里，丹翁哽咽难言了。

他垂下头来。

泪水不断滴落在握住短刀的手上。

"请您千万，千万别……"

丹翁再度抬起头来。

"此后，直到死亡之前，能否让我陪伴着您?

"如今我已别无他求。只想陪在思慕之人的身边。"

"丹龙——"

仿佛崩溃了一般，杨玉环也跪了下来。

将脸埋入丹翁的胸怀。

两人低沉的呜咽声，传入众人耳里。

此时，"喂……"低沉的声音传来。

是男人的声音。

空海、逸势等人将视线移向发声的方向，只见咒物尸骸堆中，有个体形庞大的男子，正缓缓抬起上半身。

原来是大猴。

"这太过分了。"

大猴徐徐站起身，拔出刺入喉咙的长针，抛到一旁。

"究竟是怎么回事啊?"

他一边环视四周一边说道。

当他看到空海时，"空海先生——"大猴轻抚自己的喉咙。

手上仅沾了些微血迹。

"原来你还活着？"

逸势高兴地呼叫道。

"究竟发生了什么事？"

"大猴，说来话长。"空海回答，又说道，"不过，都结束了。"

【十】

"空海啊……"

开口说话的是丹翁。

"是。"

空海望着将杨玉环抱在怀里，已经站起身来的丹翁。

"接下来，该怎么办呢……"丹翁低声说道。

难以计数的咒物尸骸堆积在结界四周，包括子英的头颅。

白龙、黄鹤的遗体也在其中。

"你该不会还要收拾善后吧？"

"恐怕没有时间了。"空海说。

逸势听在耳里，追问道：

"时间？空海，你说什么没有时间了？"

"此刻，或许赤已在策马奔向长安的途中了吧。"

空海既不是对逸势，也不是对其他人说道。

"应该是吧。"

"我们得赶快了。"空海说。

"嗯。"丹翁点点头。

"什么，空海，你说什么？"逸势又问。

"逃啊。"空海答道。

"逃走？！"

"没错。"空海点了点头，接着说，"我们必须逃走，先躲上一阵子再说。"

"什么？！"

空海究竟在说什么，逸势完全搞不清楚。

不仅是逸势。

大猴自不待言，就连白乐天、玉莲也推测不出空海话中的含意。

只有丹翁一人，一副完全了然于胸的模样。

"空海，此事由我包办。"丹翁自信满满地说，"要说藏身，我再擅长不过了。"

第三十八章 宴会始末

【一】

"还没找到吗？"

柳宗元问。

"是的。"

点头的是赤。

此刻，两人在柳宗元的房间内。

柳宗元坐在椅子上，正听取赤的报告。

刘禹锡也坐在柳宗元身旁。

"已经过去半个月了……"

正如柳宗元所说，事件过后已匆匆过去半月有余。

春天已逝，长安开始吹起初夏之风。

半个月前——

接到赤的报告，柳宗元亲率一百名士兵，快马加鞭赶至华清宫。

目睹华清宫景况，柳宗元为之骇然。

缭乱盛开的牡丹花丛之中，出现无以计数的动物尸体。

还有人尸混迹其中。

两具老人遗体。

以及子英的头颅。

还有一尊破损的兵俑。

却不见空海与橘逸势的身影。

白居易不在现场，大猴及玉莲也都不知去向。

究竟此地发生了什么事？

空海一行人，到底跑到哪里去了？

柳宗元一无所知。

待柳宗元返回长安，宫内传来顺宗病情好转的消息。

听说皇上恢复意识了。

此后将近半个月的时间，青龙寺惠果阿阇梨都待在宫中照料皇帝。

宫内再无作法诅咒的消息传来。

只要祛除顺宗四周和体内潜伏的诅咒即可。

除咒法事，如今都已结束。

现在，顺宗需要的是，滋补膳食、休养生息，以及药师的调理。

可以说，青龙寺惠果阿阇梨已经圆满完成任务。

惠果本身也因此事，用尽精神气力。

此刻，惠果该也正在青龙寺休养吧。

说起疲惫，柳宗元感同身受。

他亲自指挥众人，清理华清宫的全部尸骸，挖洞掩埋在附近山中。

"不过，空海一行人为什么要躲起来呢？"刘禹锡问。

"算了。"柳宗元站起身来。

慢慢地走近窗边，从月窗向外眺望。

池塘就在眼前。

池畔的柳树，深浓绿叶随风摇曳。

"我大概知道原因……"

柳宗元望着窗外，如此喃喃自语。

【二】

夜晚——

柳宗元在房间内独眠。

浅眠。

半睡半醒之间。

耳边传来庭院池塘的蛙鸣声。

不知是两种，还是三种蛙？

宛如池边的夏蝉，持续轻声鸣叫的蛙。还有：

咕……

咕……

间歇低鸣的蛙。

然后——

另有一种。

不知该如何形容。

是蛙鸣吗？

持续轻声鸣叫的蛙声。

似乎不在池塘里。

如果不在池里，会是在哪里呢？

更近的地方。

家屋——不，就在房间内。

虽在房间内，却不在角落。

而是在柳宗元卧榻附近，近在耳边。

"宗元大人……"那蛙声叫唤道。

"宗元大人……"

不，不是蛙鸣。

是人的声音。

人的声音，正在呼唤柳宗元的名字。

"柳宗元大人……"

睁开眼睛。

两道人影立在枕边，背对窗外透入的月光。

"您醒了吗？"那声音问。

一时之间，柳宗元本要大声呼叫，随即作罢，因为两人模样并不可怕。

他们的声音也很温柔。

而且，听起来很是耳熟。

柳宗元慢慢从卧榻上半撑起身子。

然后，望向两人，

"是空海吗？"柳宗元问。

"是的。"空海颔首。

"那位是？"

柳宗元如此问。

"在下丹龙。"人影回道。

"丹、丹龙吗?"

这名字,柳宗元想起来了。

柳宗元曾听说,有关倭国晁衡信笺的事。

高力士的亲笔信,自己也看过了。

丹龙的名字,同时出现在两封信中。

"拿灯来……"

丹翁移动身子,点亮壁边的灯盘。

红色的火光,让房间笼罩在柔和的光泽之中。

"空、空海,那里到底发生了什么事?"柳宗元问道,"这一阵子,你为何要躲起来?"

"躲起来的理由,柳宗元大人应该很清楚吧。"空海答道。

"嗯、嗯。"柳宗元点了点头,"是清楚……"

然而,虽说清楚,却非通盘了解。

关于空海等人不知去向的理由,他猜得到,却未必深入了解。

"你是为了保护自己吧。"柳宗元说。

"是。"空海颔首。

空海躲起来的理由,正如柳宗元所说。

是为了保护自己。

空海知道的事情太多了。

其中,包括会惹来危险的事情。

大唐王朝的秘密自是理所当然,但光凭此点,还不需要特别躲藏起来。

藏匿的最大理由,是他知道顺宗身边最重要的近臣王叔文的所有秘密。

王叔文对信笺被盗一事，保持沉默，便表示他间接协助督鲁治咒师——白龙对顺宗下咒。

这次报告，第一时间是向柳宗元禀告。

虽然不知道他会作何打算，但如果水落石出，王叔文便会丢掉宰相官职。

问题在于，此事该不该报告王叔文？

当然，立场上，非向王叔文报告不可。

向王叔文报告时，他会采取什么态度？

大概会束之高阁吧。

如果此事公之于世，王叔文恐怕会被皇上赐死吧。

如果柳宗元没参与此事，也会被左迁贬官。

王叔文若遭到惩罚，柳宗元也不可能安然无事。

正因王叔文是宰相，柳宗元才能保有现在的地位。两人休戚与共。

此长安——大唐的改革，将因此受挫。

那，这时该怎么办呢？

王叔文大概会选择杀掉相关人证吧。

空海等人再怎样保证紧守口风，也难以取信十王叔文。

相反，如果空海等人想要保护自己，就得将此事公之于世。

对空海等人来说，躲藏起来是第一要务。

"我有很多话要问你……"

说话的人是柳宗元。

"不过，空海啊，我得先向你致谢。这回的事，感激不尽……"

柳宗元凝视空海，问道：

"你们主动现身，就说明都安排好了吧？"

"正是。"空海点点头。

以橘逸势为首，包括白乐天、玉莲、大猴及杨玉环，均藏匿在安全的地方。

如果他们，还有空海和丹翁发生了什么事，王叔文与诅咒天子的白龙之间的关系将会被张扬出去——也就是说，空海等人已做好这些准备。

唯有丽香不与众人一道行动，她独自一人，手持一束白龙头发，就此自华清宫飘然离去。

"我们根本就不想把此事公之于世。"空海解释。

"想必也是如此。"柳宗元点头。

他相信空海之言。

"没几个人知道这事。督鲁治咒师也已不在人世了。只要我们闭嘴，此事绝不会泄露出去。"

"我明白。"

柳宗元又点了点头。

然则——

王叔文肯不肯相信呢？

"此外，刚才你说，督鲁治咒师已不在人世？"

"是的。"

"你是说，他死了？"

"我想，您已见过华清宫的尸体，其中有一具便是督鲁治咒师——"

"嗯。"

"另一具则是……"

"是谁的？"

"相信您听过他的名字，是黄鹤大师。"

"噢，那是——"

"正是。"

"空海，请你告诉我，那儿究竟发生了什么事？"

"今天晚上，我就是为此而来的。"

空海点了点头，开始述说起来。

对柳宗元毫无隐瞒的必要。

不久之前的某夜——

关于华清宫所发生的种种，空海全盘说出。

故事很长。

柳宗元静静倾听空海述说，直到故事结束。

"原来发生了这种事——"

他深深叹了口气，同时轻轻点头。

"因此，老实说，今晚我们有一事请托，才来造访柳宗元大人。"

"什么事？"

"能否为我们引见王叔文大人？"空海问。

"见王叔文大人？"

"是的。"

"此事得保密吧？"

"是。"

"为什么要见他？"

"为了去除彼此的不安。"

"我明白了。"

柳宗元当下做出决定。

"明天之内，我尽量想办法。如果要联络，该通知哪里？"

"那，就通知这儿——"

说话的，是始终默不作声的丹翁。

他从怀中掏出一物。

是一只麻雀。

丹翁将那麻雀递给柳宗元。

麻雀停在柳宗元手上，却没有飞走。

"倘使地方和时间决定了，就把信绑在麻雀脚上，放它飞走就行了。"丹翁说。

"那，我们这就告辞了——"

柳宗元向打算转身的空海唤道：

"空海，别担心。"接着又说，"不论王叔文大人说什么，我绝不会让他杀了你们。"

空海回望柳宗元：

"明天，我们再见面吧。"

空海行了个礼，转身离开房间。

仅剩一只麻雀，留在柳宗元的双手之上。

【三】

王叔文端坐在椅子上。

虽说衣冠楚楚，身子和脸庞的消瘦却无所遁形。

王叔文是一个个头矮小的男人。

大约七十岁了吧。

他的白须和白发，似乎都用香油整理得很服帖。

唯有那对眼眸犹带锐气，发出猛禽般的亮光。

此处是王叔文的私室。

不见其他任何人。

他已支开闲杂人等。

房内备有三张镶饰螺钿纹样的椅子，此刻，空海、丹翁、柳宗元都还没就座。

空海凝视着王叔文。

王叔文并未回避空海的视线，两人直接对上了眼。

此刻，彼此互通姓名，方才寒暄完毕。

"所有事情，我都听柳宗元说过了……"

王叔文以出乎意料响亮的声音说。

"这回的事，承蒙关照……"

王叔文的声音，很淡。

不知是压抑情感说话，还是天生这种语调。

"空海大师、丹翁大师，请坐。"王叔文催促道。

丹翁、空海、柳宗元，依序坐在事先准备的椅子上。

空海一直凝视王叔文。

到目前为止，王叔文一直生活在督鲁治咒师的可怕阴影之下。

只要督鲁治咒师将两人关系泄露出去，王叔文肯定没命。

如果能杀掉督鲁治咒师，王叔文恐怕很想这样做吧。

然而，他杀不了督鲁治咒师。

也不知道他人在何方。

督鲁治咒师是一种可怕的存在。

如果督鲁治咒师知道王叔文想杀他，大概会把两人关系公之于世吧。

然而，督鲁治咒师如今已不在人世。

仅剩下还有人知道，督鲁治咒师所掌握的事情。而这些人若有意，也可以做出督鲁治咒师打算对王叔文做的事。

此即空海等人。

督鲁治咒师在世之日，王叔文无法对空海下手。

如果对空海出手，很可能会刺激督鲁治咒师，认为王叔文决定杀人灭口。

充其量，王叔文能做的是，派赤和子英跟在空海身边，通过柳宗元向他禀报空海的一举一动。

不过，督鲁治咒师已不在人世了。只要杀掉空海等人，秘密便无从外泄。

然而，空海等人却自事件现场销声匿迹。

王叔文无计可施。

先别谈杀掉空海等人之事，在此之前，必须先倾听他们述说，现场到底发生了什么事情。

"空海啊……"王叔文低声唤道。

"在政治之前，人命轻如鸿毛。"

"正是。"空海颔首。

"空海，你放心吧。"

"事到如今，我没想对你们怎么样。"

"我们也没打算对外说出信笺、督鲁治咒师和王叔文大人的关系。"

"你们这样。我也可以得救了。"

"是。"

"根据赤的报告，你们似乎并未怀抱任何企图。"

说罢，王叔文轻声咳嗽起来。

"老实说，至今为止，我也曾经打算堵住你们的嘴。不过，现在已不打算这么做了。"

王叔文语毕，空海仿佛想窥看其内心深处一般，凝神注视着老人的面孔。

"有位贵人，想见你们一面。"

"是吗？"丹翁出声。

"既然那位贵人要见你们，我就不能出手了。"

"见面前被杀，当然会被调查。"

"见面后被杀，也一样会被调查吧？"

"是的。"

"要是遭到调查，所有事情便会曝光。"

"是的。"

"要逃避调查，然后顺利逃走，必定大费周章，那得花上不少时间。我也没有那样的闲工夫。"

"空海，你懂吗？"

"我懂。"空海点了点头。

"也就是说，只要皇上一息尚存，你还想尽己所能为他做事吧。"

相对于王叔文避谈此名讳，丹翁反而清楚地点了出来。

霎时，王叔文屏住气息，视线左右游移，然而，房间内除了他们，根本没有其他人会听到此话。

"看来，我们之间，没必要隐瞒任何事情。"

王叔文初次展露微笑。

是苦笑。

即使是苦笑，却是王叔文第一次展现他内心的情感。

"我们的命运，和皇上的性命同生共死。"王叔文说。

如果当今皇上死了，"下围棋"的王叔文，马上便会遭到继位的皇上与其近臣贬谪流放至外地。

依状况不同，王叔文恐怕得有一死的觉悟。

此乃侍奉大唐历代皇帝的臣子们的共同命运。

"话又说回来，这真是不可思议的故事……"王叔文说。

王叔文的意思，是指他从柳宗元那儿听来的，以及现在由空海说出的故事。

"空海，皇上想见你一面。"王叔文继续说道，"不过，在你和皇上见面之前，我得先跟你确认一下。"

"关于什么？"

"到目前为止，你们在什么地方做了什么事？面见皇上之前，我们必须先说清楚此事吧。"

王叔文微微一笑。

【四】

五天之后，空海与顺宗会面。

自承天门步行进入太极宫，再穿过两道门，进入太极殿。

或许，阿倍仲麻吕——晁衡也曾由此入宫晋见皇上，所以，空海将是由此入宫的第二位倭人吧。

那是绚烂华丽的大殿。

如果说，欧亚大陆以西，有个罗马帝国，那以东便有个大唐帝国。

而且，当时的长安，在都市规模来说，远比罗马城大得多了。

在这个时代，如果将世界放在心中衡量，并决定某处是地球的中心，那应该就是大唐帝国的长安了吧。

长安的中心是太极宫；太极宫的中心，则是此刻空海正迈入的太极殿。

而这太极殿的中心，便是顺宗。

是唯一处身于世界中心的人物。

是在这个世界中心，唯一以"朕"自称的人物。

此刻，空海站在他面前。

说起来，此人所坐的大位，是奠基于百姓的世代劳役。

然而——

空海却用宇宙的概念来看待这个世界。

他认为，宇宙的中心是"大日如来"——用现今的表达方式，空海已理解了这个世界的根本原理。

就此意义来看，可以理解，此宇宙的所有场所，都与中心具有同等价值。

也可以理解，此宇宙的所有一切，不过是表现出"大日如来"的原理之一而已。

更可以理解，即使所谓的皇帝，也不过是人们在人类社会中所认定的一种位置而已。

世上绝无不变的事物。

即使所谓的皇帝，或许，明天另有他人自称为皇帝。

然而，空海对此，并不认为那就是"空虚"。

空海不认为，人世约定之事、规范等在此均毫无意义。

如果人世没有规范，人将无法生存下去。

如果没有人世，那所谓的"密"——犹如宝物的宇宙思想，也就不会诞生出来。

在空海面前——

不，上方还有皇上端坐。

空海面前，设有台阶，其上铺有波斯地毯。

台阶顶端，设有黄金打造的椅子，顺宗安坐其上。

空海孤单一人，瞻仰这世界中心的人物。

此人瘦骨嶙峋，身子仿佛埋葬在豪华金银刺绣的龙袍之中。

看起来比实际年迈、衰弱，他正朝下俯视空海。

空海脑海里马上浮现的念头是，真是可怜哪——

即使身穿世界上最华丽的衣裳坐在世界中心，也无精打采。

所谓皇帝，仅是一种机能性的存在而已，那些龙袍与龙椅——也只是皇帝所必备的表面装饰而已，至于何人的肉体处于那些装饰之中，应该都无关紧要吧。

在此规范中，皇帝扮演皇帝、顺宗扮演顺宗，如果不这样做，人世机能便无法顺利运作。

空海一边望向顺宗，一边思忖，自己也是此规范的一部分吧。

此时此刻，空海必须扮演此规范中的一个角色。

空海在皇帝面前——台阶下，俯跪地板，支起双手，俯首叩地。

如此这般，五度行礼如仪。

空海抬起脸，起身。

王叔文站在空海身旁。

另一人，也就是柳宗元，则站在其身后。

曾到过华清宫的诸人之中，仅有空海一人在此。

"皇上恩准你直接答话。"

王叔文在空海耳边低语。

是——

空海并未出声，仅颔首作答。

"此人即空海。"

王叔文禀告顺宗说道。

"我是来自倭国的空海。"空海说。

空海自下方仰望顺宗。

顺宗自上方俯视空海。

过了一会儿——

"与众不同的相貌……"顺宗发出了第一声。

声音模糊难辨，连听惯唐语的空海也听不清楚。

用现代话语来说，顺宗曾一度因中风而病倒。

虽挽回性命，但说话时却舌头僵硬，无法清楚发音。

就一名倭人来说，空海的下颌格外突出，十分罕见。

空海的嘴唇紧闭如石，他用毫不胆怯的眼光凝视顺宗。

对于顺宗的话，空海并未回应。

因为他知道，顺宗所言，并非要他回应。

"整件事情，朕大致听王叔文说过了……"顺宗说道。

语毕，望向空海，看似想说些什么，却又住口。

随后，他抬起右手，因嘴巴不灵活而心急地再度开口。

"辛苦你了……"

顺宗如此说。

"辛苦你了……"

又说了同样的话。

正如顺宗所说，王叔文已将此事件一五一十禀告过了。

有关督鲁治咒师和王叔文之间的关系，当然略而不谈。

仅仅说出丹翁和杨玉环两人，自华清宫消失了踪影，现今不知去向。

在空海面前的，是个因力不从心而焦急的人。

此"人"即将无法完成作为皇帝的机能任务了。

此日已为时不远。

而此事，或许顺宗本人最为心知肚明吧。

因此，在那天来临之前，他很想尽力完成自己的机能性任务吧。

至少，顺宗不是愚钝之人。

对于自己背负皇帝之名的肉体，因不能随心所欲地施展机能，而感到心焦气躁吧。

"朕，很想，再见，杨玉环一面……"

顺宗喃喃自语。

空海暗忖，该是如此吧。

任何人也都会如此想吧。

然而，如今连空海也不知丹翁和杨玉环的去向。

白乐天、玉莲和其他人返回长安的隔日——两天前，两人便默默地消失了踪影。

"话虽如此，这真是不可思议之事……"顺宗说道。

"诚然。"空海只能点头。

听任顺宗继续述说下去。

"基于朕一无所知的过往，她竟遭到如此下场……"

"可是，说起来，人都是因自己一无所知的过往，才能活到现在——即使，朕身上所穿的布衣、烧煮食物的火，也都是过去朕所不相识的人所成就的吧。如果现在的我们是据此活到今天，那么，因未曾参与的过去而被夺去性命的事，也就可能发生吧。"

此番话，顺宗说得并不流畅。

偶尔，语塞或不清楚之处，还得靠王叔文翻译。

"空海啊。"顺宗说。

"在。"

空海点了点头。

"所谓人，总有一天，都得一死。"

"是的。"

"我这个皇帝，总有一天，也会死……"

"是的。"

对此，空海也点头同意。

"每个人，都是背负着某种任务来到此一人世的。"

"正是。"

"朕现在所背负的是皇帝的任务。"

"是的。"

"那么，你背负的是什么任务呢？"

"在下背负沙门空海的任务。"

"那，沙门空海来此大唐的目的何在呢？"

顺宗语毕，也许是感到疲惫，反复急促呼吸了一阵子。

"并非是为了卷入我大唐王朝的秘密事件而来的吧？"顺宗如此说。

"空海啊，你来此大唐的目的为何？"

"是为了上天的秘密而来。"空海回答。

他刻意避开宇宙的说法。

"上天？"

"是密法。"

"密法？"

"为了将密法自此长安带回倭国而来。"空海说道。

顺宗望向空海，说：

"空海，怎样？你是否有长留在此长安的打算？"

想将空海如此的才俊留在长安——顺宗话中有此种含意。

可以说，空海在此陷入空前的危机。

如果说"有"，便非留下不可。

直接对皇帝说"是"，便不能反悔。

然而，也不能说"没有"。

不能说有或没有，在现场却被要求立即回答。

"如果说空海此人本来就以此天地为家，那，住在何处不过是细枝末节之事。"

"是吗？"

空海说的是——留在长安也好，不留在长安也好的意思。

然而，话虽如此，顺宗却没说："那，就留在长安，不也很好吗？"

顺宗正等着空海的回答。

即使空海，他也想留在大唐。

对空海来说，日本这个国家太狭窄了。

大唐长安才适合空海这样的奇才。

空海本身也深谙这一点。

然而——

日本现在还没有密法。

长安此地已有密法，日本却付诸阙如。

"以此密法，成就日本为佛国净土。"

这是空海在日本所约定的事。

阿弖流为。[1]

坂上田村麻吕。[2]

空海不能违反与他们的约定。

而且，以孕育带有纯粹理念的密法来说，大唐太过辽阔。

孕育、诞生新的密法，日本不是更适合吗？

1译注：与空海同时，日本东北地方的虾夷族首长。
2译注：与空海同时的征夷大将军，其征讨对象即东北虾夷地区。

"不过，"此时，空海双手一摊，望向顺宗，"对空海来说，留或不留大唐都一样；对日本却不然，日本更需要空海。"

空海竟如此大言不惭。

可说是自大的说法，也是洋溢过度自信之词。

笑意，洋溢在空海脸上。

是一种拉拢人心的微笑。

"也许是吧。"

身处世界中心的人物，竟情不自禁如此回应空海。

顺宗肯定空海这番话。

接着，空海不留给顺宗说话的空隙。

"感激不尽！"

语毕，空海俯身向顺宗深深鞠了一躬。

因为这一举动，空海终将返回日本的共识，在两人之间确定下来了。

然而，空海并未就此结束谈话：

"不过，空海前来大唐的条件是，要在此地待满二十年。"

此乃事实也。

空海以留学僧身份，橘逸势则以留学生身份，必须在大唐居留满二十年，各自学习密法和儒学。

这是日本和大唐帝国之间——也就是国与国之间所定下的约定。

在此情况下，完全不允许留学僧、留学生擅自返乡的。

"二十年光阴，几乎是人生的一半。"

"嗯。"顺宗点点头。

"此半生，亦即留在大唐期间，我将为大唐和大唐天子贡献我所有的力量。"

空海真是能言善道。

一方面说自己想回日本，另一方面又说，这可能是二十年后的事。

此二十年岁月，在某种意义上，与表明将留在大唐一事大致相同。

如此说完之后，"不过——"空海又将话锋一转，"二十年后，不知日本是否有船来迎接——"

思及日本和大唐的遥远距离时，此话带了点现实的况味。

"照理说，如果是为了密法，那，修得密法后，即使未满二十年，也应该早日归去才对。但是，我目前还未习得密法，也不知何时会有日本来船。"

"嗯。"皇帝点了点头。

在此，空海一边谈论假设性话题，一边就"即使未满二十年，如果修成密法，就可返回日本"这件事，取得顺宗的承诺。

虽然不是公开谈话，但宫廷书记理所当然会记录下这段对话。

"密法吗？"顺宗问。

"正是。"空海颔首。

"如果是密法，就去青龙寺。"顺宗说，"你，还没去青龙寺吗？"

"尚未。"

"那，你也还没见过惠果？"

"是的。"

"空海啊，动作要快……"顺宗说。

他的模样看来十分疲惫。

"光阴不待人哪……"

这是顺宗对空海说出的最后一句话。

空海对此十分明白。

"我会赶快行动。"

空海回答道。

【五】

空海来到青龙寺，已经是五月下旬了。

西明寺数位僧人与空海同行。

志明和谈胜也一道前来。

青龙寺位于左街。

左街的新昌坊。

新昌坊四周，杂耍场、酒肆等店家鳞次栉比。

空海走过杂沓的道路，在一片新绿中穿越青龙寺山门。

头顶剃得净光、身裹新衣，脸上带着宛如未经世故的容颜，空海跨步走进密教的圣殿。

空海的来寺，惠果早已知晓。

惠果也像孩童似的喧闹，同寺中数位僧人，一起到山门迎接空海。

惠果和空海，不知听过对方的事多少回了。

对此邂逅，彼此早已期待多时。

乍见空海，惠果如少女般酡红了脸，说：

"大好、大好！"

意指"大大的好、大大的好"!

空海在日后的《御请来目录》中，曾如此记载此次的相遇：

> 和尚乍见，含笑欢喜曰：
>
> "我待汝久矣。今日相见，大好、大好！"
>
> "我之性命，今已将尽。"

自己的余命，所剩无几了——惠果如是说道。

对来自日本的留学僧，惠果竟爽快地说出如此重大之事。

惠果的弟子们均深知此事。

惠果余日无多了。

他的身体本就欠佳，为了守护顺宗脱离诅咒威胁，余命更经消磨减损。

然而，惠果亲口说出此事，弟子们也是头一次听闻。

不过，惠果并不悲伤。

见到空海，惠果宛如孩童般欢天喜地。

"空海啊，此时此刻，能迎接你到青龙寺来，真是太好了！"

吐蕃僧凤鸣站在惠果一旁，微笑地凝视着空海。

【六】

密教的传承，不靠经典或书写。

而是由师父直接为弟子灌顶。

可说很有些慌张的——惠果迫不及待地为空海灌顶。

密教分胎藏部、金刚部两大系统。

大日经系密教和金刚顶经系密教，也就是分别简称为胎藏界、金刚界这两大系。

惠果授予空海的，便是这两大系的灌顶。

此两部密法，是在天竺——印度各自发展而成的思想。

两部密法经由不同路径，分别长途跋涉来到长安，而集此两部密法之大成者，惠果是第一人。

惠果由不空传授金刚顶经系密教。

大日经系密教，则是天竺僧善无畏弟子——新罗人玄超所传授的。

惠果数千名弟子中，同时获传此两部密法者，目前仅有义明一人而已。

空海入唐之时，义明已染病在身。

义明所染的是来日无多的重病，如果惠果和义明都撒手归天，金刚部、胎藏部两部密法将会失传。

当此之时，空海出现在惠果眼前。

此时，空海在长安所做的事，可说是一种奇迹。

空海首度站在惠果面前时，便已具备足够的知识能力，可传承此两部密法。

某种意义上，或许可以认为，空海不仅是拥有传承此两部密法的资格之人，而且早已拥有此两部密法了。

之后，只要依循密教系统，举行传法仪式即可。

传授密法，修习汉、梵两种语言不可或缺。

空海和惠果首次会面时，便已能随心所欲驾驭此两种语言。

梵语——即古印度雅利安语。

空海在日本期间，便精通汉语，且说得比汉人还好。

梵语也是在日本开始学的。

来长安大约半年，梵语已能运用自如。

空海曾在《秘密曼荼罗教付法传》里，记载此事。

醴泉寺的僧人般若三藏是空海的梵语师父。空海这人，依其性格，只要在路上遇见天竺人氏，想必都会上前搭话，努力把梵语学得更精通吧。

汉梵无差，悉受于心。

唐语和天竺语没有差别，均融会贯通在空海内心——

有关空海的语言能力，惠果曾如此评价。

当然，如果没有这样的语言能力，即使空海再有才能，即使自己余日已不多，如此短促的时间内，惠果还是不会传授密法给空海的。

六月，空海接受胎藏界的灌顶。

七月，接受金刚界的灌顶。八月，授予密教界最高阿阇梨证位的传法灌顶，由惠果传承给空海。

【七】

当时的逸事，也流传至今。

灌顶时，会举行被灌顶者的掷花仪式。

被灌顶者双手合掌，竖起双手食指。然后将花插在竖起的食指间，再将此花掷向"曼陀罗"[1]。

此时，掷花者蒙住双眼，由师父引导至放置曼陀罗的灌顶坛中。

因此，究竟花落何处，本人并不清楚。

投掷的花落在哪尊佛像上，哪尊佛便成为掷花僧侣一生的念持佛。

六月，金刚部灌顶之际，空海所掷的花，落在正中央的大日如来之上。

此时，空海亲自摘取青龙寺庭院盛开的露草，作为投掷之花。

掷花之时——

"噢——"

叫声响起。

摘下眼罩一看，紫色小花正落在金刚部的大日如来之上。

"以前，我的是落在转法轮菩萨。"

惠果对空海如此说道。

七月胎藏部灌顶时，空海所掷之花，也是落在胎藏界曼陀罗图正中央，大日如来之上。

"不可思议、不可思议！"惠果高兴地说。

因此，空海灌顶金刚部、胎藏部，两部的念持佛均为大日如来。

1译注：曼陀罗，佛教徒筑方圆土坛以安置诸佛尊以便祭供观修的地方，为梵语mandala的音译。意译为作坛、坛城。一般不筑造土坛，只采用图案形式。

【八】

八月，空海接受传法灌顶。

灌顶——一如其表面字义，虽是自头顶洒水，此传法灌顶却非普通灌顶。

除去两部灌顶，密教的灌顶，还分成三类：

结缘灌顶。

受明灌顶。

传法灌顶。

所谓结缘灌顶，非仅对僧侣施行，只要信徒要求，也可对在家信众举行此仪式。

师僧手持瓶中香水，对着登坛受灌顶者头顶灌注。

受灌顶者即使对密教知识一无所知，也无所谓。

受明灌顶，仅针对僧侣或行者、佛门中人施行。

然而，此灌顶并不是传授密教的一切。此灌顶所传授的，仅是其中一部分而已。

第三种灌顶，才是最高位阶的灌顶。

此种灌顶，是将所有法授予对方的灌顶。

此传法灌顶仪式结束时，"犹如泄瓶。"惠果对空海如此说。

就像装在一只瓶子中的水，悉数倒入另一只瓶子中一般。空海啊，我已经将一切都传授给你了——

而且，惠果还授予空海"遍照金刚"法号。

所谓"遍照"，意指"普遍映照"；"金刚"是指"钻石"，世界上最坚硬的东西——意谓此本性永远不坏。

所谓"遍照金刚"，也就是大日如来的密号，惠果竟将此密号授予肉身僧人的空海。

此举等于说——空海是大日如来。

惠果的弟子有数千人，撇开这些弟子，包括金刚、胎藏两部灌顶，他连传法灌顶也授予空海了。

目前为止，惠果弟子中尚无一人得授三种灌顶。

并且，空海来到青龙寺拜师，不过是初来乍到的新人，同时还是个异国人士。

可见惠果是何等赏识空海，甚至用赏识这样的字眼都不足以形容。

想必空海的才能卓越非凡，确有过人之处吧。

惠果对此来自东海小国的年轻僧侣"如痴如狂"——毋宁用此字句形容更容易理解。

即使门下有数千名弟子，惠果大概也是孤单的吧。

寺内无人了解他。

无人能与他并驾齐驱。

此时，来自东国，如一线光明的空海，登门造访青龙寺。

无论自己所说的话如何高深，如何难以理解，空海都能够马上心领神会。

而且，空海吸收了惠果的话，还会开示惠果本身也意想不到的思考。

"既然是遍照，那就应该连庭院盛开的露草花，也都照到了才是吧。"

"换句话说，花朵不因愉悦而舞，并非表示花朵已身在涅槃了。"

"是的。也就是说，并非我离佛法比较近，而苍蝇离佛法比较远。

244

宇宙所有的存在，对于真理应该都处于等距离的状态吧。"

与空海说法，令人心喜。

空海的法语，令人心喜。

恍如嬉戏于佛法一般，空海的话语像是游戏，可以飞翔，趣味盎然。而且不偏离佛法。

"空海啊，真希望十年前就见到你……"

惠果感慨万千地说。

【九】

举行传法灌顶仪式时——

一名老僧登门造访惠果。

他不是青龙寺的僧侣。

而是长安玉堂寺的寺僧。

名叫珍贺。

青龙寺惠果，对来自倭国、名为空海的僧侣如痴如狂——这样的传闻，也传至珍贺耳里。

珍贺虽是密教僧，却非惠果弟子。

而是不空弟子、僧人顺晓的弟子。

"惠果大师发疯了。"

可能是青龙寺僧人如此向珍贺哭诉吧。

"惠果大师似乎打算将我大唐密法，全部授予来历不明的人物。"

珍贺比惠果年长。

有如系出同门的师兄弟，在立场上，珍贺能与惠果平等对话。

本来惠果的数千名弟子，并不认可空海。

虽说是僧侣，也还是人。

看见初来乍到青龙寺、名为空海的僧侣，如此受到惠果青睐，这些弟子一点也不觉得有趣。

众弟子起了嫉妒之心。

珍贺以代表惠果门下弟子的身份，登门造访惠果。

有关空海。

"他非门徒，必须先遍学诸经才是。"珍贺向惠果如此说。

"凡事都有先后顺序。明明有跟随二十、三十年的弟子，你却忽视他们，竟对空海这样的人施行传法灌顶。"

珍贺的意思是，应该视空海为见习生，让他从阅读诸经开始修行。

密教一祖是大日如来。

二祖是金刚萨埵。

三祖是龙猛。

四祖是龙智。

五祖是金刚智。

六祖是不空。

七祖是惠果。

此为金刚部主要系谱。传授胎藏部给不空的善无畏，是与五祖金刚智同时代的人，他是在长安侍奉玄宗的天竺僧。

言归正传，话说空海——

经过青龙寺传法灌顶，便认定空海为八祖。

一旦空海成为八祖，日本皇位继承所用的三种神器[1]，就会被当作保障天皇神圣王权的信物。五祖天竺僧金刚智入唐所带来的宝物，便得如数随空海东渡至日本。

这些宝物总共有八种。

佛舍利八十粒。

白檀佛菩萨金刚像等一龛。

白缯大曼荼罗尊四百四十七尊。

白缯金刚界三摩耶曼荼罗一百二十尊。

五宝三摩耶金刚一口。

金刚钵子一具二口。

牙床子一口。

白螺贝一口。

"这些宝物将从大唐失散，这样可好？"

对珍贺这番话，惠果回答：

"很好啊。"

"为什么？"

"这还用说。"

语毕，惠果便闭嘴不言。

如果惠果说出理由，珍贺可以加以反驳。

然而，惠果不说出理由，珍贺也就无从反驳了。

珍贺因此也伤了感情，便告辞回到玉堂寺去了。

然而，隔天早上，珍贺来到空海位于西明寺的住所。

1译注：指神玺"八尺琼曲玉"、宝剑"草薙剑"、内侍所之镜"八咫镜"。

"贫僧错了。"珍贺对空海说道。

空海如坠五里雾中。

他还不知道，昨天珍贺曾去拜访惠果的事。

"老实说，昨天我登门造访了惠果大师。"

珍贺主动说明昨天的事。然后俯首又说：

"请您原谅我。"

空海的《御遗告》中，曾记载此段章节：

> 于此，珍贺夜梦降伏。晓旦来至少僧，三拜过失谢言。

据说，昨天晚上做梦之后，珍贺改变了想法。

他做了这样的梦。

熟睡时，四大天王出现在梦中。

持国天。

多闻天。

广目天。

增长天。

四天王站立着，对珍贺喝道：

"醒来。"

什么醒来，珍贺知道这是在做梦。

梦中的自己清醒着。

"喂，还不醒来吗？"

持国天用力踩。

"醒来。"

多闻天用力踩。

"醒来。"

广目天用力踩。

"醒来。"

增长天用力踩。

我这不就醒来了吗——

珍贺正打算这么说，却发不出声音。

"醒来！"

"醒来！"

"醒来！"

"醒来！"

被四大天王狠狠踩住，珍贺因痛而醒来。

回过神后才察觉，自己睡在房内卧榻，置身寝被之中。

"醒来了吗？"

有声音传来。

令人惊讶的是，四大天王真的围立在卧榻四周。

"啊，真是悲哀。"

持国天扑簌扑簌地流泪。

"啊，好不甘心。"

多闻天脚踩地板。

"你真是个小心眼的人。"

广目天的牙齿嘎吱作响。

"你难道不知道羞耻吗？"

增长天斜睨着珍贺。

"什么事？我到底做了什么？"珍贺问。

"啊，你不知道什么事吗？"

增长天回应。

"看着自己的心，就会想出来了。"

冷不防，广目天突然伸手插入珍贺胸中。

随后，拉出了心脏。

"看吧。"

多闻天开口。

"你不知道吗？"

持国天问。

心脏就在眼前。

正在跳动着。

"你要我把它攥坏吗？"

广目天紧握手上的心脏，珍贺胸口立刻难受起来。

"怎样，很难受吗？"

"我们也很难受。"

"很难受。"

"很难受。"

珍贺面前，四大天王因痛苦而扭动身子。

"真正该授得密法的人，不能得授灌顶。"

"世上有比这更难受的事吗？"

"世上有比这更难受的事吗？"

"大悲！"

四大天王一边扭动身子，一边以拳拭泪。

"都因为你。"

"都是因为你。"

"要去地狱吗？"

"要去吗？"

广目天伸手，将珍贺的心脏塞入他的口中。

"还给你。"

"再给你一次机会吧。"

"你好好想一想。"

"好好下决定。"

然后——

四大天王消失了踪影。

此时，珍贺真的醒过来了。

是被自己的呻吟声吵醒的。

啊，原来刚刚是一场梦——

珍贺如此想着。

然而，隔天早上，和寺内的人见面。

"这是什么？"

那人指着珍贺的额头问道。

慌张揽镜自照，原来珍贺额头上写着"大悲"两个字。

"这是今天早上发生的事。"珍贺对空海说，"贫僧错了。现在我相信，您才是最适合获授密法的人。"

珍贺真心地说道：

"如果青龙寺有人说你不适合当密教八祖，贫僧将劝说那人，是他错了。"

语毕，珍贺对空海三拜、四拜而归。

终卷之章 长安曼陀罗

【一】

空海在青龙寺接受灌顶，此时，大唐王朝政情也在瞬息万变之中。

八月，空海在青龙寺接受传法灌顶。

久病的顺宗下诏：

太子即皇帝位，朕称太上皇。

据此，顺宗让位，由皇太子李纯继位。来年，年号也将由永贞改为元和。

空海入唐期间，皇帝已二度更迭。

因此，宫廷人事大幅度调整。

实际掌握宫廷大权的王叔文和王伾两人，均遭左迁。

王叔文左迁为渝州司户，王伾则为开州司马。

两者皆属僻远地方的官吏。

遭朝廷左迁者，非仅此二人。与两人较接近的文官，也被贬为地方刺史。

以空海周遭来说，刘禹锡降调至连州、韩泰贬至抚州，柳宗元则下放到邵州。

以刺史来说，还是地方长官。但所有人在赴任之前，又会由刺史降为司马。

先让当事人左迁为还算不差的地位，再于赴任之前，降调官职，这是古已有之的做法，关于此状况，当事人也该有所觉悟吧。

九月，赴任前，柳宗元至西明寺造访空海。

"我来向您辞行。"柳宗元说。

"听说是邵州。"

"是的。"柳宗元静静点头回应。

不知是如何隐藏、掩盖的，柳宗元的声音里听不出半点悔恨。

"虽是半途而废，但这也是命吧。"

热血诗人柳宗元淡淡地说。

"我们所做的许多事，大概从此烟消云散。其中，总会留下几样成果吧。"

"我也有同感。"空海点点头。

"这让我松了一口气。"柳宗元说。

"松了一口气？"

"得到空海先生如此评价，我顿时感觉，我们或许真的留下几个成果了。"

"一定会留下成果的。"空海又说一次。

"留下成果——对处身此种位置的我来说，此话真是十分受用。"

"什么时候出发？"空海问。

"三天后。"

"王叔文大人呢？"

"已经出发到渝州了。"

"是吗？"

"他托我传话，衷心感谢空海先生。"

"感谢？"

"他说，拜你之赐，我们才有一些时间善后，这段时间，也完成了数件工件。"

柳宗元望向空海，说：

"王叔文先生也早有觉悟。"

有何觉悟，空海没有问。

因他明白柳宗元话中含意。

在大唐帝国中，政治失势者的下场即是死路一条。

首先，将他左迁至地方，授予闲差。

继之，不多时，京城便派来使者，传令要当事人自行了断。

还会携带毒药。

与"死刑"没什么两样。

完全要求本人自行服毒。

在大唐，此称为"赐死"。

如果拒绝自尽，便会被杀，以病死之名回报京城。

事实上，王叔文左迁来年，即遭"赐死"。

王伾则在同年"病死"。

"唉，人世就是这么一回事吧。"柳宗元说。

"刘禹锡先生呢？"空海问。

"连州。"柳宗元答道。

刘禹锡是柳宗元最相知的诗友。

两人从此各奔前程。

柳宗元和刘禹锡——两人故事尚有下文。

柳宗元降调邵州刺史，刘禹锡左迁连州刺史后，柳宗元又降职为永州司马、刘禹锡为朗州司马。

此后十年过去，长安有人建议让两人升官。

两人左迁，本是王叔文连坐所致，十年之间，事件喧嚣也该平息下来了，朝廷大概如此判断吧。

再说，两人均为优秀人才，不该摆在闲职之上。

两人因而擢升两级，分别成为刺史。

任地也随之变动，柳宗元赴柳州，刘禹锡则分发播州。然而，播州地处边境，位于今日云南省和贵州省边境。

刘禹锡家有年迈老母。

"恳请与刘禹锡交换任地。"

柳宗元上书长安，如此请愿。

结果，请愿有了回应。柳宗元仍任柳州刺史，刘禹锡则转为连州刺史。

两年之后，柳宗元辞世，得年四十七岁。

帮柳宗元写墓志铭的，正是刘禹锡。

此后，刘禹锡返回长安，活至七十一岁。

柳宗元和刘禹锡自长安一别，便不曾再相见，然而，两人情谊却持续终生。

两人都是深受民众爱戴的诗人。

"此回被左迁，并非因为白龙那事，而是对我们看不顺眼的家伙所为。无可奈何。他们也有他们的大志，如果前朝之人在他们周遭，一定很难办事。"

柳宗元语气坚定地说。

"能与你相遇，我真是幸运。"

"幸运？"

"到哪里，都能做事——这是我从你那儿学来的。"

柳宗元首度面露微笑。

"你因应你的处境，做你该做的事。我因应我的处境，做我该做的事。至死方休。"

"至死方休？"

"工作，至死方休。"柳宗元坚决地说道。

"我想，我们再也没机会相见了，请保重。"

此为柳宗元最后一句话。

柳宗元辞别西明寺。三天后，便启程前往邵州了。

【二】

十二月，惠果卧病在床。

竭尽己力为空海灌顶，犹如燃尽生命之火，惠果随即病倒了。

惠果本已染病在身，但自空海来到青龙寺之后，让弟子们难以置信的是，惠果又恢复了精神。

照这个样子来看，应该还有元气，一切无碍吧——

青龙寺僧人似乎也都作此想。

然而——

八月举行完传法灌顶后，进入九月，惠果病情再度恶化。

即使如此，惠果依然常要空海陪伴在旁，以为交谈对象。

惠果觉得，与佛法仪轨无关的事，也应该让空海尽量见识。

而且，师徒关系之外，果惠也欣喜于和空海的交往。

惠果一直认为，自己和空海都是相同的佛教徒。

脱离师徒关系，以佛弟子身份和空海一起共修——那种喜悦，惠果临终前都想尽情享受吧。

十二月某日，惠果召唤空海。

"您找我吗？"

空海来到惠果病床前说道。

【三】

入夜。

仅有一盏灯火点亮着。

屋内，只有惠果和空海两人。

惠果仰躺在床铺上，空海随侍枕畔，凝视惠果面孔。

惠果静谧无声地呼吸着清冽的夜气。

他的脸上浮现一抹微笑。

"空海啊。"

惠果用冷静的声音说道。

"是。"

空海也用冷静的声音回答。

"今晚，我要传授你最后的教诲。"

"是。"空海点了点头。

"我要传授的，不是金刚、胎藏两部灌顶。也不是结缘灌顶、受明灌顶，更不是传法灌顶。我现在要说的教诲，虽然不是这些灌顶仪式，却比任何灌顶都要来得珍贵。"

惠果仰望空海。

"虽然我刚刚说要传授教诲，其实，我想传授给你的佛法，不用开示你也都知道了。"惠果继续说下去，

"不过，我先说明一点。那就是，虽然这些话出自我口中，却是你曾经向我说过的。空海啊，也可以说，我教导你，有时反而是我本身向你求教。你也该懂得这件事的意义吧。"

"是。"空海再度点头。

"空海啊，在此地所学的东西，你必须全部舍弃。你懂吗？"

"我懂，师父。"

"人心深不可测……"

"是。"

"下探人心深处，在其底层之更底处——自我不见了，言语也消失了，仅剩下火、水、土、生命等，这些已无法命名的元素在活动着。不，此处连'场所'都称不上。它无法用言语形容，是言语无用的场所。火、水、土、自我、生命，终于到达无法区分差别的地方。想抵达那地方，唯有穿过心的通路才能抵达。"

"是。"

"这道理无法以言语教导。"

"是。"

"我，不，许多人以言语、知识、仪式、书籍及教诲，将它玷污了。"

"是。"

"这些都得丢掉……"

"是。"

"你要把它们全部丢掉。"

惠果喃喃自语，旋即闭上双眼，静谧无声地呼吸。

然后，又睁开了双眼。

"可是，言语是必要的。仪式、经典、教诲、道具也都是必要的。"惠果说道，"此世间的所有人，并不像你一样。对于跟你不一样的人，言语是必要的。为了丢掉言语，或是丢掉知识，言语和知识也都是必要的。"

"是。"

空海只是点头。

惠果所说的话，空海完全明白。

对空海来说，获授所有灌顶的那一刻起，所有的仪式和教诲都成为不必要之物。

不过——

在日本或是此大唐，为了对芸芸众生传达密教，言语、仪式都是必要之物。

要攀上顶峰，人必须依靠自己的双足。因此，拐杖、鞋子、食物、衣物，都是想攀上顶峰的修行者所必要的。

"一只脚在圣界，一只脚在俗界——然后，必须以两脚支撑所谓自己的中心……"

语毕，惠果闭上双眼。

"打开窗……"

惠果闭着眼睛说。

遵照惠果所言，空海打开靠近惠果床畔的窗子。

十二月的冷冽寒气，涌入房间。

灯火微微摇曳。

惠果再度睁开双眼。

看见高挂夜空的明月。

月光照射在惠果身上。

"空海，我已经没有东西可以传授给你了。"

惠果一边看月一边说。

"夜气对您的身子可能有碍。"空海对惠果说。

"没关系。这冷冽的感觉十分舒畅。"

惠果说得毫不含糊。

"空海啊，与你相遇，真是开心……"

"我也是。"空海答道。

"我的大限将至，如果没有与你相遇，或许我会抱憾终生，而今我了无遗憾。"

惠果的视线移至空海身上。

"死，并不可怕。临死之际，或许多少会感到痛苦，但这是每个人都得经过的路，这点痛苦应该忍受得了。"

空海仅是静静地倾听惠果说话。

"生和死都是一件事。出生、生存、死去——此三者兼备，才能完成生命。出生一事，死去一事，都是生命之不同表现罢了。"

"是。"

"空海啊。早点回去倭国也好。若有回国的机会，千万别放弃。"

惠果的话，充满无尽的慈爱。

不久的将来，空海的确可以回日本了。

无论何时回去，惠果传授的密法教诲也将随同空海一道东渡。

若惠果此时说出"不要回去"的话，此言将成为空海回国时的重担。

因察觉这一点，惠果才对空海说出这番话。

对此，空海有切身痛楚般的体悟。

"感激不尽。"

感觉眼眶一阵温热，空海说道。

"好美的月啊。"

惠果说。

【四】

三天之后，惠果便辞世了。

迁化——

高僧之死，一般如此称呼。

意指，并非死去，而是搬迁住所。

惠果迁化之日，是永贞元年十二月庚戌——十五日。[1]

辞世之时，正是满月之夜。

享年六十。

举行葬礼时，建有石碑。

其碑文由空海撰写。

撰写碑文，也就是说，空海构思文章，将之书写出来，再原样刻在石碑上。

惠果弟子数千人，空海从中脱颖而出，并非因为他获得传法灌顶。

此类纪念碑文，不一定由弟子撰写。文章，就交由专擅文章的人来撰写；文字，则交由书法了得之人。此做法不仅是当时习俗，也是中国历史一般的潮流。

空海之所以中选，是因为他既是优秀的文章家，也以书法闻名。

《性灵集》之中，留有相关的文章内容：

俗之所贵者也五常，道之所重者也三明。惟忠惟孝，雕声金版，其德如天。盍藏石室乎。尝试论之。

其碑文以此文章起首，组成文字共一千八百字。

碑文末，如下：

生也无边，行愿莫极。

丽天临水，分影万亿。

爰有挺生，人形佛识。

毗尼密藏，吞并余力；

修多与论，牢笼胸臆。

四分秉法，三密加持；

国师三代，万类依之。

下雨止雨，不日即时；

所化缘尽，泊焉归真。

慧炬已灭，法雷何春；

梁木摧矣，痛哉苦哉。

松槚封闭，何劫更开。

【五】

过完年，正月丙寅日。

宪宗率群臣上尊号予顺宗。

应乾圣寿太上皇——

这是其尊号。

隔天，也就是正月初二，年号由永贞改为元和。

因顺宗退位，去年八月起，还使用永贞年号，如今宪宗正式登基，改元也是理所当然之事。

过了不久，正月中，太上皇顺宗驾崩。

当然，顺宗并非暴毙。

他是卧病在床，是在众人都认为早晚将不治时辞世的。

然后，长安因太上皇之死而陷入慌乱之时，空海所播下的种子终于开花了。

他等待的东西来了。

倭国，也就是日本所派遣的使者，来到了长安。

【六】

"喂，空海，你听到了吗？"

赶至西明寺的逸势，呼吸急促地问空海。

"日本使者来了。"

逸势雀跃万分，脸上浮现异常欣喜的表情。

"我知道。"

空海的声音听来颇沉稳。

"大使是高阶真人远成大人。"空海说道。

日本来的使者，昨天刚抵达长安。

这回的使者，与平常的遣唐使有所不同，他不以携带大唐文化回日
本为使命。

去年正月，和空海等人同行的日本遣唐使藤原葛野麻吕还在长安
时，德宗驾崩，由皇太子李诵继任为顺宗。

藤原葛野麻吕虽然人在长安，但未能以日本使者身份，对顺宗致以
正式吊唁和祝贺之词。

高阶真人是以日本正式使者身份，来到长安的。

葛野麻吕回日本前，空海对他说：

"你打算就此什么事都不做吗？"

空海暗示葛野麻吕，如果他回到日本，要马上奏请朝廷，正式派出吊唁和致贺的使者。

空海播下的种子，如愿开花结果。

高阶真人一行抵达长安时，正是空海接受密教传法灌顶之后，此时机真是恰到好处。

此事正是我策动的——

然而，空海并未说出口。

"今天，我要跑一趟。"空海说。

"去哪儿？"

"鸿胪馆。"

鸿胪馆是各国使节寄宿之地。

以日本留学生身份，停留在长安的空海和逸势，既然故国有使者抵达，当然必须前去打招呼。

"快点。"

空海催促。

【七】

一见到日本使节等人，逸势泪流满面。

大概是思乡心理作祟吧。

寒暄过后，高阶真人对空海说：

"我听到你的风评了。"

怎样的——

空海并没如此追问。

"不敢当。"

空海只是颔首致意。

"听葛野麻吕大人说,有空海在,真的帮助很大。"

遣唐使船漂流到福州而一筹莫展时,仰仗空海所写的文章,一行人不仅登上了陆地,还受到热情款待。

进入长安后,凭恃空海的语言能力及才干,葛野麻吕受益甚多。

空海可以想象葛野麻吕在朝廷过度热情述说此事时的身影。

"不仅如此,我刚抵达这长安城,就已几度听到你的风评了。"

空海的名字,早已传遍长安知识分子之间。

"听说,你获授青龙寺大阿阇梨的证位。"

"是的。"空海点了点头。

来自东海小国日本的留学僧空海,接受青龙寺传法灌顶,成为大阿阇梨一事,是众所周知的。各处的知识分子、文人雅士聚会时,常邀请空海为他们写文章或书法。

每当这样的场合,空海总能不负众望,做出比对方所期待的更令人满意的演出。

"我来自日本。"

高阶真人这样说时,对方马上便回道:

"噢,你是那个空海和尚的——"

这样的对话,高阶真人当然不会感到不快。

空海洞悉其微妙之处般,对高阶真人恭敬地回答道:

"老实说,在下有件事要请托高阶大人。"

"什么事？"

"我想回去。"空海说。

听到此话，逸势比高阶真人更感惊讶。

"空海，你当真？"

逸势不由自主地脱口而出。

"当真！"

空海的谈话对象，自始至终都是高阶真人。

"在下空海为求密法，才来到长安城。"空海说，"我已完成任务。"

对此，高阶真人仅能点头回应。

空海已获得传法灌顶。

自师父惠果辞世后，在密教方面，在此长安城里，空海已是第一人。

来到长安不过一年，空海便如愿以偿，拿到自己想要的东西了。

"既然事已至此，我现在只想早日返回日本，推广密教。"

"不过——"

高阶真人脱口说出的话，也不无道理。

无论空海或逸势，都是以日本正式留学生的身份来到长安。

就算本人想回去，也不能任意而为。必须取得大唐朝廷的许可，方才可以回去。

而且，相对于日本，他们是以约定二十年的身份来到大唐的。

不知能否擅自提早归国。

如果现在草率答应，以后发生问题，高阶真人也将陷入困境。官僚厌恶出事，可说今古皆然。

以高阶真人的立场来说，向新任皇帝禀陈日本朝廷的贺词，是他此行入唐的主要目的。

没想到来后一看，顺宗已驾崩，宪宗继位为新皇帝。

高阶真人入唐时，顺宗尚在人世，他进入洛阳时，才得知顺宗驾崩之事。

那时正是顺宗驾崩三天后。

在此忙乱时期，高阶真人抽空和空海、逸势会面。

对于空海突如其来的请愿，高阶真人不知所措。

无论结果如何，一开始，绝不能让高阶真人说出"不行"这样的话。

即使迫于形势而情不自禁说出这样的话，只要说了，人往往就会因为自己所说的话意气用事。

空海深谙个中微妙。

于是，空海便说出无可争辩的话。

"老实说，我已得到先皇顺宗恩准。"

怎么可能——

高阶真人并没有说出这句话。

"真的吗？"

他只是如此问。

"是的。"

空海信心满满地点头。

当然，这全是事实。

停顿了一阵子。

"不过，不是正式批准。"空海说。

"如果要成为正式文件，就必须重写文书，由高阶大人上呈当今皇上。"

正如空海所说。

既然事前是按日本和大唐的约定来到大唐，二十年的约定期限不到就要回去的话，应当由日本大使奏禀当今皇上。

嗯——

当高阶真人陷于沉思时，空海以事情已然决定般的口吻，说：

"返国的请愿奏文，由我来写。"

"空海……"

说话的人是逸势。

空海一看，逸势血色全无，一脸苍白。

身子正微微抖动着。

"别丢下我回去……"逸势用颤抖的声音说，"不要留下我孤单一人！"

逸势的声音大了起来。

此时，揪住逸势内心的，是恐惧。

在此长安城，如果空海不在——

自己就会变成孤零零的一个人。

有空海在，逸势多少还可忍耐下去。然而，空海返回日本，自己独留大唐的话——

自己忍受得了那份寂寞吗？

语言不太灵光，拜师学儒又没着落。

倘若带来的钱花光或被偷了，就只能饥寒而死。

在此长安宗教界，空海已是宗门最上位之人。

自己却什么都不是。

也没赚钱的本领。

不，饿死之前，或许，自己会不停地思慕日本，然后思乡而死吧。

"变成孤单一人，我大概会发狂而死吧。"

逸势伤感地说。

逸势本来面向空海，后来转向高阶真人。

"拜托您了。"逸势俯首致意。

"在下橘逸势也想请愿返回日本。"

逸势眼中扑簌扑簌落下豆大的泪珠。

一旦说出口，便再也不可抑止。

逸势像个孩童般耍赖。

"拜托您了。"

"拜托您了。"

逸势双手伏地如此说。

这个心高气傲的男人，在空海以外的人面前，露出这样的姿态，倒是头一回。

那东海小国。

小国之中的小小京城。

京城之中那更小更小的宫廷世界。

逸势不顾羞耻地恳求，回到那个自己曾经瞧不起的世界。

"拜托您了。"

逸势说。

【八】

此时，空海所写上陈皇帝的奏文，见诸《性灵集》。

题为《与本国使请共归启》。

> 留学学问僧空海启。空海器乏楚材，聪谢五行。谬滥求拔，涉海而来也。着草履历城中，幸遇中天竺国般若三藏，及内供奉惠果大阿阇梨，膝步接足，仰彼甘露。

> 遂乃入大悲胎藏金刚界大部之大曼荼罗，沐五部瑜伽之灌顶法。忘食耽读，假寐书写。大悲胎藏金刚顶等，已蒙指南，记之文义。兼图胎藏大曼荼罗一铺。金刚界九会大曼荼罗一铺（及七幅，丈五尺）写新翻译经二百卷，缮装欲毕。

> 此法也，则佛之心国之镇也。攘氛招祉之摩尼，脱凡入圣之墟径也。是故，十年之功兼之四运，三密之印贯之一志。兼此明珠答之天命。向使久客他乡，引领皇华。白驹易过，黄发何为。今不任陋愿。奉启不宣。谨启。

须臾之间，空海写就此篇奏文。

文章虽短，却言简意赅。

所谓"十年之功兼之四运"，说的是空海的自信吧。

"四运"即四季之意，也就是一年的时间。

别人需花费十年习得的事，自己只用一年便完成了，空海不怕难为情地写道。

> "白驹易过，黄发何为。"

岁月犹如白驹易过，转瞬间，青年黑发骤黄，变成了老人——此语已超越单纯的修辞，是空海的亲身感受吧。

【九】

空海完成奏文三天之后，逸势一脸憔悴，来到空海住所。

"写不出来。"

逸势开口。

写不出奏文。

该怎么写呢？逸势一点头绪也没有。

"昨天，在鸿胪馆拜读了你的大作，真是精彩啊。可是，我该怎么写？完全理不出头绪来。"逸势失魂落魄地叹气说道。

空海有回去的理由。

他已完成留学的任务。

逸势却没有。

这里不得不考虑到，空海求取佛教和逸势求取儒教的不同。

所谓佛教，它既是一个思想体系，也是一种仪式，它有灌顶传法作为证明，儒教却没有这样的东西。

如果此奏文失败，便没有后续了。

空海将偕同高阶真人回国。

至于下回遣唐使船何时会来，谁都不知道。

逸势从日本启程时，日本国内便已传出"废止遣唐使船"的言论。

这种说法的理由是，那只会增加国家花费，再说，即使不特意前往大唐，其间，也有不少大陆贸易船来到日本，从他们手中也可以取得大唐文物。

"下回，何时会来，就不知道了。"

高阶真人曾对逸势说。

事实上，下一回的遣唐使船，要到距此时三十二年后的承和五年（838年）才来，对空海来说，此时若不回去，势将无缘再度踏上日本土地。

结果，逸势写不出半个字，便前来空海住所。

"空海啊，拜托你！"逸势俯首致意。

"你帮我写吧。"

逸势脸颊消瘦，双眸却发出亮光。

在那个时代，代笔是可行的。

当时，文字读写，并非像今日这般普遍。有人能读不会写，即使会写，大多数也只能写几个字。舞文弄墨，是一种特殊的才能。

逸势以日本留学生身份来到大唐，必然兼备读写之才。在大唐，也有人称他为"橘秀才"。

这样的逸势托空海代笔奏文，大概也是万不得已了吧。

"到目前为止，你写的文章，几乎无往不利。在福州时也是这样。"

逸势说的，是空海、逸势所搭乘的遣唐使船，遭到暴风雨袭击，历尽千辛万苦好不容易抵达福州的事。

"那时，葛野麻吕写了好几次奏文却不奏效，你提笔写了后，不就上陆了吗？"

逸势认为，空海写的字句、文章，具有撼动人心的咒力。

"拜托啦。"逸势恳切请托。

"这样做，好吗？"

"当然好！"

考虑了片刻，空海说：

"这个很难办。不过，总有办法可想吧。"

"有吗？"

"嗯。"

空海点了点头之后，环抱着胳膊思索。

"这事没有第二次。如果想一次过关，这通奏文的内容将对你很不利。"

"没关系。"逸势坚决地说。

"那我就帮你写，只是，我和你的奏文笔迹不能一样，所以，我写好之后，你得再眷写一次。"

"应该如此吧。"

"到时候，你可别恨我。因为我写下那些话，也是当前形势所迫。"

"你写什么，我都不会恨你，现在就帮我写吗？"

"现在写，早点上呈比较好吧。"

语毕，空海便就地写起逸势的奏文。

此一文章，以《为橘学生与本国使启》为题，同样见诸《性灵集》：

> 留住学生逸势启。逸势，无骥子之名，预青衿之后。理需天文地理谙于雪光，金声玉振缚于铅素。然今，山川隔两乡之舌，未遑游槐林。且温所习，兼学琴书。日月荏苒，资生都尽。此国所给衣粮，仅以续命，不足束修读书之用。若使专守微生之信，岂待廿年之期。非只转蟪命于壑，诚则国家之一瑕也。今见所学之者虽不大道，颇有动天感神之能矣。舜帝抚以安四海，言偃拍而治一国。尚彼遗风，耽研功毕。一艺是立，五车难通。思欲抱此焦尾，奏之于

天。今不任小愿，奉启陈情，不宣谨启。

"山川隔两乡之舌，未遑游槐林。"

日本和大唐被山川阻隔，自己还未能通晓语言——

空海帮逸势这样写道。

而且，"资生都尽"。

盘缠都用光了。

目前仅仰赖大唐所给的衣粮，勉强维生。

"非只转蝼命于壑——"

"蝼"指的是蝼蛄。

空海将逸势喻为蝼蛄。

我或将如蝼蛄被丢弃在山沟底下，这难道不是大唐的一大遗憾吗？

儒学虽未学成，多少还学得音律。音乐虽然不是什么大学问，却霆力万钧，可以惊天地泣鬼神。如今，我满心期待，将此妙音传至日本。

且应允我返回日本吧。

奏文大意如此。

阅读空海当场写就的奏文，逸势一副脸上无光的模样。

"逸势啊……"

空海刚开口，逸势就打断他的话头。

"空海，没关系。"逸势说。

"事情本来就是这样……"

逸势勉强挤出笑容。

写此奏文的时候，空海一开始所设定的想法，会依书写而衍生出下一个想法，然后，那想法便一路自行奔驰。

走笔——大概就是这样吧。

然而，抽离逸势的感情，单就文章本身而言，空海写得十分漂亮，想要增减都不可能。这一点，逸势十分清楚。

逸势将空海帮自己捉刀的奏文拿在手上。

"不过，我想对你说句话。"

逸势喃喃自语。

"空海啊，你的缺点就是文采太好了。"

【十】

不久，空海晋见宪宗。

面圣场所在宫廷的晋见间。

逸势、远成也在那儿。

形式上，是来自日本的使者远成带着两人前来晋见。实际上，是宪宗方面提出让远成带空海同来的要求。

"你是空海吗？"

皇位上传来宪宗的问话。

"正是。"

空海用平常的声调点头回应。

逸势和远成由于紧张过度，此刻正在空海身旁微微颤抖。

"你的事，朕听说了。"

宪宗的声音洪亮。

当然，宪宗并未患病。

对空海和逸势的归国请求，他尚未回应。

照理说，应该是请求通过了再拜见皇帝，然而，此时两人尚未收到允准通知。

"太可惜了。"宪宗说。

到底是什么太可惜，宪宗没有明说。

"听说，你写得一手好字。"

宪宗兴趣盎然地凝视此位异国沙门。

在长安，也就是大唐密教界，空海已是第一人。

宪宗对此也很清楚。

"听说，惠果阿阇梨的碑文也是你写的。"

"是的。"

空海点头称是。

"朕读了你的奏文。"

宪宗似乎仍在评估空海，始终凝视着空海。

"文章写得很了不起。"

接下来，宪宗将制造出日后以"五笔和尚"之名流传于世的空海的传说。

【十一】

"朕有事相求。"宪宗说。

"什么事呢？"

"请你题字。"

"题字?"

"不错。"

宪宗点了点头，又对旁边的侍者使了个眼色。

是事先安排好了的吧。

侍者趋近，说：

"这边请。"

催促空海等人挪步。

宪宗起身，走了出去。

空海等人被催促着，跟在宪宗后面。

踏着石砌前进，不久，前面的宪宗等人走进一个房间。

空海、逸势、远成则在稍后进入屋内。

房间约三间四方。[1]

正面是一片白壁，以两根柱子每隔一间隔出三面墙壁。

右侧两面还是簇新的，左侧一面看来颇老旧。老旧壁面上，写有文字。仅此旧壁有题字，右侧两面新壁，则空无一字。

壁前已准备好龙椅，宪宗在那儿坐了下来。

"看。"宪宗说。

空海跨步向前，站在旧壁前。

宪宗和其身边围绕的三十余人凝视空海。

你可知道这是什么——

众人以这样的视线包围空海。

1译注：间为日制长度单位，约1.818米。

对酒当歌，人生几何。

譬如朝露，去日苦多。

慨当以慷，忧思难忘。

何以解忧，唯有杜康。

书法写得十分生动。

笔端自由移动，任思绪游荡，却一点也没有破绽。

真是了不起的书法大作。

"这是曹操大人的诗。"

语毕，空海吞咽下文般地闭了嘴。

宪宗身旁的侍者们，发出"哇——"的赞叹声。

——空海到底有多少能耐？

用此种目光凝视空海的侍者们，对于空海能说出此诗作者，似乎感到非常惊讶。

来自日本的僧人，为何连这种事都知道？

的确，那是近600年前建立魏国的曹操所作的《短歌行》。

曹操还被称为"横槊诗人"。据说，只要脑海浮现诗作灵感，即使在沙场上驰骋，曹操也会将槊横放，当场悠然吟出诗作来。

《魏书》中也记载：

御军三十余年，手不舍书。昼则讲武策，夜则思经传。登高必赋，及造新诗。被之管弦，皆成乐章。

曹操所作的这首诗，还有下文，此处仅到"唯有杜康"为止。

看到空海似乎还有话说。

"怎么了？"宪宗问。

"有个地方不明白，我正在思量原因何在。"

"哪里不明白，请说。"

"那就是，为何此处会有王羲之大人的法书呢？"

空海才说完，宪宗身旁的侍者们又发出赞叹声。

"空海啊，你怎么知道这是王羲之的书法？"宪宗问。

侍者们的惊呼，宪宗不由自主地追问，都是合情合理的。

王羲之是距此已400年的古人，其出生地也离长安很远，在位于山东琅琊临沂。

他是东晋的书法家。

可以说，从空海入唐至今日，无论是在中国还是日本，他都是颇负盛名的书法家。

然而，现代并未留下王羲之的真迹。

建立大唐王朝的太宗，酷爱王羲之的书法，曾从王羲之七世孙僧人智永手中取得真迹。

此真迹正是有名的《兰亭序》。

永和九年三月三日上巳日——

至山阴县赴任的王羲之的住所，广邀文人墨客，举行曲水流觞之宴。当时，聚会地点正是名胜"兰亭"。

是日，与会诸人，各自写诗题字，汇集成卷。王羲之则提笔写序，放在卷首。

此正是《兰亭序》。

太宗驾崩之时，遵其遗命，将《兰亭序》殉葬于昭陵。此法书从此销声匿迹。

后世仅留下碑文拓下或临摹的《兰亭序》，想见到王羲之真迹殊为不易。

空海到底于何时，在何处见过王羲之的字迹呢？

"我国有王羲之的《丧乱帖》，是从大唐传过去的。"空海解释。

"那是辑合王羲之大人五通尺牍成卷的，但不是真迹。"

"是这样呀。"

"是'双钩填墨'而成的。"

所谓"双钩填墨"，是指在真迹上覆盖一张可透见的薄纸，用细笔钩描其下字迹轮廓，然后在其轮廓线中，用笔填上浓淡合宜的墨汁，此技法主要运用于书法复制。

尺牍第一行，是以"丧乱"两字起首，所以后来便以"丧乱帖"称之。

"你见过王羲之的《丧乱帖》，所以知道吗？"

"是的。"空海的对答流畅无碍。

"这确是王羲之真迹。原本写在东晋首都建康的宫殿壁面之上。"宪宗说。

"听说，当时的天子传唤王羲之自山阴县进京写下的。"

宪宗继续解释着。

"据传，晋朝亡国后，北魏孝文帝想得到此墨宝，于是派人将壁面切割成三面，然后运至洛阳，作为宫殿壁面之用。"

尔后，"我大唐太宗在位时，又将此墨宝自洛阳运出，移至太极殿上。"

自北魏孝文帝至唐太宗，掐指算来，已近200年历史。自王羲之初次写壁算起，距今已超过400年。

此壁上真迹，竟能保存至今。

真是令人神往，既深邃又有厚重感。

逸势惊讶得说不出话来。

唯有空海，仍然一副如常的表情立在那儿。

"本来，三壁都有墨迹，但因老旧剥落，两面壁上的字迹已不见踪迹了。玄宗时曾派人修缮过，所以才会留下白色壁面。"

玄宗时期算来，也匆匆过了五十年——

"所幸安禄山那小子，没有对此真迹下手。所以，才能保存至今。"

"不过，白壁就这样搁着，也十分可惜，所以，不知多少回，朕想找人重新书写。"

据说，只要站在此壁面前，任何人都会畏缩不前，一个字也写不出来。

因为一边是王羲之的书法。另一边要并列自己的作品。光想到这儿，有人便害怕得直发抖，以致连笔都握不住了。

这也难怪。

五十余年来，壁画始终留白。

"空海，如何？"宪宗问道。

"这面壁，就由你来写点什么吧。"

咕噜。

逸势的喉结上下滚动，屏息以待。

"皇上寄望于我的，就是这事吗？"

"正是。"

空海望向宪宗。

他在估计宪宗的真实意图。

难道他想试探我？

宪宗想看空海畏缩不前，并看他将如何拒绝，以取乐？

然而，这样的想法浮现脑际，不过是刹那而已。

空海感到自己体内流动的血液不可抑止地温热起来了。

这不是千载难逢的机会吗？

自己所写的书法，得以列在王羲之墨宝旁。

不知不觉，空海心跳加快、血脉贲张，满脸泛红。

宪宗到底想试探什么，这已无关紧要了。众人面前，宪宗亲口说出这一件事。只要空海点头应允，此刻，包括宪宗在内，谁也阻止不了了。

"乐意为之。"

空海脸上浮现笑容，点了点头。

本来，大唐皇帝所期望之事，是不容他人拒绝的，话虽如此，如果写了无趣的字——

空海已完全没有这种担忧了。

"两壁原本写了什么字呢？"空海问道。

"可以查明。"

宪宗点了点头。

宫中当然留有记录。

"可是，我不打算说。没必要重写一样的字。"

"知道了。"空海才颔首，旁边的侍者便说道。

"这边请，东西都准备好了。"

空海定睛一看，房内一隅搁着一张书桌，笔、墨、砚一应俱全。

用的是大砚台，水也准备得很充足。

粗细不同的毛笔，准备了五支，都是既大且粗的笔。

"磨墨之时，你思量一下，要写些什么。"

宪宗说。

【十二】

空海立于右侧白壁前。

壁面附近，搁着一张书桌，其上的砚台墨水饱满。

空海右手握住笔，笔端悠悠蘸湿墨水。

看不到空海紧张的模样。

——这男人真的知道自己在做什么吗？

宪宗身边的侍者们，用那样的目光望着空海。

——王羲之在大唐的价值，这男人真的懂吗？

——为什么他看起来如此沉稳镇定？

众所周知，大唐历来多少杰出书法家，在此壁前畏缩不前，写不出一个字来。

握着饱含墨汁的笔，空海站在壁前。

顿了一口气，空海说：

"那，就动手了。"

话音才落下，手已舞动起来。

笔法酣畅流动。

毫无停滞。

空海握在手中的笔，连续不断地诞生文字在此世间。

速度飞快。

宛如观赏一场魔术。

空海看似也在壁前尽情舞蹈。

一会儿，便写下一篇诗来了。

　　力拔山兮气盖世，

　　时不利兮骓不逝。

　　骓不逝兮可奈何，

　　虞兮虞兮奈若何。

空海写就此篇诗作之时，惊愕、赞叹声不绝于耳。

这是秦汉之际，与刘邦争霸的项羽所作的诗。

最后一战之前——也就是倾听"四面楚歌"的项羽，知道自己死期将至，遂令其爱妾虞美人起舞时所作的诗。

骓，是项羽的马。

项羽就是骑着它奔向战场的。

由于左侧壁面有曹操的诗作，空海有意让两者相互呼应，因而选用同为乱世英雄的项羽之诗作。

趁字韵未散，空海右手再握住四支笔。

加上最先握住的笔，此刻，空海已将五支笔全握在手上。

他将五支笔整合为一，在砚台内蘸墨。

五支笔蘸满一大半残墨。

空海站在中央壁面前。

"那，就动手了。"

说完，马上弯下身子。

"哇……"

285

惊呼声自旁观的众人口中传出。

橘逸势也不假思索地随侍者们一起叫出声。

因空海最先落笔之处，是在壁面最下方。

粗黑的水墨线条，自下而上竖立而起。

自下而上——

这样的笔法，大唐、日本都不曾有过。

空海到底打算干什么？

最后，踮起脚尖般走笔，画过壁面，至头顶才停下。继之，空海蹲下身子，从方才写下的粗线右旁——也就是下方，由右至左落笔拉出一条横杠。

于是，壁面之上拉出这样的两条线。

与由下而上画出的线条一样，由右而左拉出的横线，也不是书法的传统笔法。

而且，收、拉、顿、挑——人尽皆知的笔法，空海一概不用。

接着，空海在右侧画出一条线，夹住那条横线。

笔画还是由下而上。

线条忽而右摇、忽而左摆，变成意想不到、由上而下的粗细线条，其形状一如起笔。

空海的手继续动作着。

接二连三不可思议的线条，画落在壁面上。

然后，随着线条的增加，壁面首度出现成形的字体。

空海停笔时，"嗯……"呻吟般赞叹的声音，自宪宗口中流泻而出。

出现在壁面上的，仅有一个字——树。

字还没写完。

最后，空海搁下五支笔，右手持砚，冷不防，"叭"的一声，将全部残墨，气势磅礴地往壁面盖落下去。

此刻，传来一片欢呼声。

空海最后盖落的墨，变成了"、"。

如此，中央壁面上，那巨大的"树"字便完成了。

空海最后所盖落的墨汁，溅及四周壁面，一部分则垂流下来，乍见之下，实在看不出是"、"，整体观之，却是一个漂亮的"树"字。

不是篆书。

不是隶书。

金文、草书都不是。

然而，这个字却是道地的"树"，比任何书法写出的字，看起来更像"树"。

巨大的树，由下而上向天延伸，枝丫自在舒展。

笔力雄浑又饱满多汁。

那个字写得歪斜，却歪斜得极有力道，大树舒展的神韵，展现在字间。

"真是了不起……"宪宗大叫出声。

"不敢当。"

手上还拿着砚台，空海回答道。

"那个树，是曹植的《高树》吧。"宪宗问。

"您说得是。"空海俯首致意。

曹植，是曹操之子。

他与曹操另一子曹丕并列——曹操、曹丕、曹植，人称"三

287

曹"——也是一位才华出众的诗人。

曹植有首诗。

"高树多悲风"，以此为起始句。

"高树多悲风——"

意指"高大的树，常吹来悲戚之风"。

依此，空海在壁面上写下"树"字。

相对于左侧壁面曹操的诗，另外两壁也产生关联了。

"空海啊，朕有点舍不得让你回国了。"宪宗说。

突如其来的话。

脸上浮现笑意的逸势，一瞬间，表情全僵住了。

停顿了片刻。

"话虽如此，"宪宗继续说道。

"先前咒法为害我大唐一事，你功不可没。此时，朕若不允准你的请愿，那朕岂不恩将仇报了吗？"

宪宗一边说一边凝视空海。

"回去也好。我允准你的请愿。"宪宗说。

"隆恩厚意，感激不尽。"

待空海说完，宪宗对身边的侍者唤道：

"拿来吧。"

侍者马上捧着银盆走到宪宗面前。

银盆上盛有一串念珠。

宪宗亲手取出那念珠，呼唤空海，说了声：

"赠给大阿阇梨。"

空海立在宪宗面前，宪宗继续说：

"此菩提子念珠，朕特赐予你。"

空海的《御遗告》中，曾有如下记载：

仁以此为朕代，莫永忘。朕初谓公留将师，而今延还东，惟道理也。欲待后纪，朕年既越半，也愿一期之后，必逢佛会者。

空海告辞之时，"空海啊。"宪宗唤了一声。

接着要空海抬起头来。

"此后，你就以'五笔和尚'为号吧。"

宪宗如此说道。往后，空海便冠号"五笔和尚"。

根据《今昔物语》《高野大师御广传》记载，当时，空海两手两脚各握一支笔，口中也衔着一支笔，五支笔同时在壁上书写。

这本来是个不出传说范畴的故事，但在大唐留下"五笔和尚"之名一事，却是事实。

大唐留下的记录如下：

距空海当时四十余年后，法号智证大师、其后成为天台座主的倭国僧人圆珍，曾入唐来到长安。造访青龙寺之时，名叫惠灌的僧侣曾如此问道：

"五笔和尚身体安泰吗？"

"五笔和尚，前几年圆寂了。"

圆珍如此答道，惠灌便流下泪来。

"异艺未曾伦也。"

惠灌如此叹道。

总之，空海和逸势就这样得到归国的批准。

【十三】

三月，大地上洋溢着一派春的气息。

空海和逸势下马，站在灞水堤岸上。

灞水流经他们眼前。

由右而左。

灞水在前头，与方才渡过的浐水合流，再流入渭水。渭水再向前流，最终汇入黄河。

今天早上离开长安春明门，在田园中骑马奔驰。

桃李花开时节，风中飘荡着花香。

原野、树林，到处萌发新绿。

自堤上望向对岸，前方遥远的绿地沃野，烟雾迷离。

堤上种植的青翠柳条，在风中摇曳。

灞桥旁，高阶真人远成的马蹄正在桥板上嗒嗒作响，开始过桥了。

空海和逸势立在堤上，与长安的知己好友，交换依依离情。

路只有一条。

目的地已经知晓。

所以，不必担心跟不上。

百余人在此相送。

"空海先生保重。"

大猴眼眶湿润地说。

大猴身旁是马哈缅都。

多丽丝纳、都露顺谷丽、谷丽缇肯——马哈缅都的三个女儿也在场。

大猴如今在绒毯商马哈缅都的铺子里干活。

在场的还有和空海熟识的西明寺僧人们。

义明、义操等与空海在青龙寺结法缘的僧人，也会聚在此。

吐蕃僧人凤鸣也来了。

他们折下堤岸的杨柳枝，绕成一圈，送给空海和逸势。

两人手上满满的都是杨柳圈。

离开长安城时，友人折柳相送，是此都城的习俗。

左迁至远方的柳宗元没能到场。

只有赤还在这里。

风在吹。

柳条在摇曳。

浮云在高空飘动。

> 空随白雾忽归岑，

> 一生一别难再见。

这是空海送义操诗作的两句。

在此离别，将再也无缘相见了。

谁都明白此事。

就是这种离别。

走在前方的远成一行人已跨过桥的一半。

"还没来啊。"

说话的，是胡玉楼的玉莲。

不知在担心什么，玉莲用牵挂的目光，频频眺望长安城方向。

"空海先生今天要归国的事，他应该知道啊。"

玉莲此刻眺望的是白乐天。

与空海交好却没现身的白乐天。

"乐天先生明明告诉我，要准备这样的东西带过来，却还没见到他的人影。"

语毕，望向长安方向的玉莲，眼睛突然一亮。

"来了。"玉莲说。

仔细一看，果然有人策马疾驰在田园路上。

"的确是白乐天先生。"

"是的。"空海点了点头。

马一停在堤岸上，连翻带滚般，白乐天下得马来。

"太好了，终于赶上了！"

他一脸憔悴，发丝紊乱。

然而，白乐天的眼眸、唇角，都绽放出掩藏不住的喜悦。

"来晚了，为了定稿，一直弄到今天早上。"白乐天说。

"定稿？"空海问。

"我写出来了，终于完成了！"

"是什么东西呢？"

"是《长恨歌》。"白乐天大声地说。

"终于完成了吗？"

"是的。我一定要让空海先生知道这都是源于您。"

白乐天气喘吁吁，不单是因为策马疾驰。

"请您聆听《长恨歌》。"白乐天潮红着脸说。

"好。"空海回答。

白乐天自怀中取出纸卷，握在手中。

"随时可以开始。"

玉莲已手抱月琴，站在白乐天身旁。

风在吹。

柳树在晃动。

只听"铮"的一声响。

玉莲拨了一下琴弦。

白乐天在风中吟咏刚刚完成的《长恨歌》。

长恨歌

汉皇重色思倾国，御宇多年求不得。

杨家有女初长成，养在深闺人未识。

天生丽质难自弃，一朝选在君王侧。

回眸一笑百媚生，六宫粉黛无颜色。

春寒赐浴华清池，温泉水滑洗凝脂；

侍儿扶起娇无力，始是新承恩泽时。

云鬓花颜金步摇，芙蓉帐暖度春宵；

春宵苦短日高起，从此君王不早朝。

承欢侍宴无闲暇，春从春游夜专夜。

后宫佳丽三千人，三千宠爱在一身。

金屋妆成娇侍夜，玉楼宴罢醉和春。

姊妹弟兄皆列土，可怜光彩生门户。

遂令天下父母心，不重生男重生女。

骊宫高处入青云，仙乐风飘处处闻。

缓歌慢舞凝丝竹，尽日君王看不足。

渔阳鼙鼓动地来，惊破霓裳羽衣曲。

九重城阙烟尘生，千乘万骑西南行。

翠华摇摇行复止，西出都门百余里；
六军不发无奈何？宛转蛾眉马前死。
花钿委地无人收，翠翘金雀玉搔头。
君王掩面救不得，回看血泪相和流。
黄埃散漫风萧索，云栈萦纡登剑阁。
峨嵋山下少人行，旌旗无光日色薄。
蜀江水碧蜀山青，圣主朝朝暮暮情。
行宫见月伤心色，夜雨闻铃肠断声。
天旋地转回龙驭，到此踌躇不能去。
马嵬坡下泥土中，不见玉颜空死处。
君臣相顾尽沾衣，东望都门信马归。
归来池苑皆依旧，太液芙蓉未央柳；
芙蓉如面柳如眉，对此如何不泪垂？
春风桃李花开日，秋雨梧桐叶落时。
西宫南苑多秋草，落叶满阶红不扫。
梨园弟子白发新，椒房阿监青娥老。
夕殿萤飞思悄然，孤灯挑尽未成眠。
迟迟钟鼓初长夜，耿耿星河欲曙天。
鸳鸯瓦冷霜华重，翡翠衾寒谁与共。
悠悠生死别经年，魂魄不曾来入梦。
临邛道士鸿都客，能以精诚致魂魄；
为感君王辗转思，遂教方士殷勤觅。
排空驭气奔如电，升天入地求之遍；
上穷碧落下黄泉，两处茫茫皆不见。

忽闻海上有仙山，山在虚无缥缈间。

楼阁玲珑五云起，其中绰约多仙子。

中有一人字太真，雪肤花貌参差是。

金阙西厢叩玉扃，转教小玉报双成。

闻道汉家天子使，九华帐里梦魂惊；

揽衣推枕起徘徊，珠箔银屏迤逦开。

云鬓半偏新睡觉，花冠不整下堂来。

风吹仙袂飘飘举，犹似霓裳羽衣舞。

玉容寂寞泪阑干，梨花一枝春带雨。

含情凝睇谢君王，一别音容两渺茫。

昭阳殿里恩爱绝，蓬莱宫中日月长。

回头下望人寰处，不见长安见尘雾。

唯将旧物表深情，钿合金钗寄将去。

钗留一股合一扇，钗擘黄金合分钿。

但教心似金钿坚，天上人间会相见。

临别殷勤重寄词，词中有誓两心知，

七月七日长生殿，夜半无人私语时。

在天愿作比翼鸟，在地愿为连理枝。

天长地久有时尽，此恨绵绵无绝期。

月琴声和着白乐天的吟哦声，随风飞渡河面。

然后，随风吹送到更遥远的虚空之中。

白乐天眼中流下一道、两道泪痕，泪水顺着脸颊滑落。

风在吹。

柳丝在摇曳。

桃花在飘香。

人在。

空海在。

逸势在。

玉莲在。

白乐天在。

凤鸣在。

义操在。

马哈缅都在。

多丽丝纳在。

都露顺谷丽在。

谷丽缇肯在。

大猴在笑。

河水在流。

风在吹拂。

天空在。

虫子在飞。

阳光照耀。

人在。

树林飘香。

风儿飘香。

天空在。

云在动。

人在走。

一切的距离都是等值。

宇宙在飘香。

宇宙中充满了人。

宇宙在膨胀。

风在吹。

"啊——"

空海一边听白乐天吟咏，一边低声道："真让人受不了啊……"

风在吹。

云在动。

桃花在飘香。

风在吹。

一切都是烂漫的——

让人受不了的曼陀罗之春。

转章 风不停歇

【一】

空海和逸势，漫步在洛阳的人群之中。

自长安出发，抵达洛阳，是在昨天傍晚。

在洛阳城停留约三日以免除旅途的疲惫，随后便要往日本去了。

两年前，两人初入长安，曾造访过洛阳城。

回想当时，空海正是在此和丹翁相遇，并被他作弄而抱了看似西瓜的狗头。

四月，市场里闹哄哄的。

空海在此找到令人怀念的东西。

"是荔枝吗？"

自南方运来的荔枝，已在店头出售。

空海买了数串荔枝，揣入怀中，跨步走在路上。

前方可见洛水之上的天津桥。

"喂，空海。"

逸势扬声唤道。

"什么事，逸势？"

"初次见到那座天津桥，激动不已，如今再次眺望此桥，却有奇妙的感受。"

决定返回日本之后，逸势似乎也萌生感伤。

"想到不能再看到这桥了，不由得兴起遗憾之感。"

"那，逸势要不要留下来呢？"

"别说蠢话。正因为可以回去，我才会这样说的。"

逸势慌张地解释。

踏着桥板，两人往对岸走去。

此处人山人海。

桥旁的河岸上聚集了不少人。

"要不要去看看？"

时间很充足。

走入旁观人群中探看，一位老人立在河岸上。

人群将老人团团围住。

老人右手握着一根拐杖。

"来，帮你们写大名，帮你们写大名！"

老人朝聚集的人群吆喝。

"最近机运欠佳的大爷大娘们，来被除不祥啊。不，不是我亲自被除。被除不祥的是东海龙王。我的任务是写上你们的大名，送给东海龙王。"

"若是这样，可否拜托你——"

一名男子迈步向前。

男人报上姓名，老人便用手中拐杖在靠岸的河面上写下那人的名字。

"空海，你看——"

眺望此光景的逸势，在空海耳畔发出惊讶的声音。

一般说来，写在水面上的字会消失不见，那老人所写的字却不会消失。

不但不曾消失，写在水面上的名字还随着水在流动。

字样流至洛水下游，才渐渐消失不见。

"来，如何？现在这个名字，顺着洛水，再随着黄河，最后会注入东海，流到东海龙王那儿。在那儿，龙王就可以被除不祥或恶障。"老人说道。

听着众人的惊叫声，老人一脸淡然。

要求写名字的男人，从怀中掏出散钱，递交给老人。

帮人写名字消灾解厄，再从中赚取一些小钱，似乎是老人的营生之道。

写了好几个人的名字后，老人打起招呼来了。

"前面这位是——"

老人凝视着空海。

"你也写一个吧？"

逸势顶了一下空海的背。

"喂，空海啊，似乎在指你呢。"

"既然被叫到，那就没办法了。"

空海迈步向前。

逸势跟在他的身后。

不一会儿，空海来到老人面前。

老人问道："是僧人吗？若是，哪用得着我，你自己写吧。"

老人将拐杖递给空海。

空海接过拐杖。

"我不好写自己的名字，请让我写其他的字吧。"

"你要写什么字？"

"龙。"

于是空海用拐杖在水面上写了一个"龙"字。

跟老人的字一样，空海写的字也没有消失，在水面上漂流。

旁观的众人发出赞叹声。

空海"啪"地拍了一下手。

只见那向前流动的龙字，竟在水面上扭动起身子。

眨眼之间，那龙字从水面抬起头来。

"哇！"

看热闹的人大叫出声。

"龙要飞上天去了。"

围观的人骚动起来。

龙字自水面浮上空中。

"原来如此。"

老人接过拐杖。

"那，我也得写个什么。"

老人手持拐杖，在水面上流畅地写了一个"凤"字。

仿佛在追逐"龙"字，水面上的"凤"字，突然离开水面，在天空中盘旋飞舞。

"太厉害了！"

"你看那个。"

小骚动变成了大骚动。

向天空攀升的龙字和其后紧紧跟随的凤字，在蔚蓝的天空彼此缠绕，水花四溅。

那水花在阳光照耀下闪闪发光。

不久，水花消失了。

不知何时，老人、僧人及其同伴已不知去向。

【二】

空海、逸势同那位拄杖老人，一起漫步在洛阳市街上。

仿佛很滑稽似的，老人的喉咙深处发出了咕噜咕噜的低笑声。

"丹翁大师，好久不见啊。"空海说。

"是呀，好久不见了。"

丹翁脸上浮现愉快的笑容，回答道。

空海和逸势认识的丹翁，相貌已变得与从前不同了。

那张脸变得柔和，丝毫没有邪气。

逸势虽已认出丹翁，但不能马上会意。

"空海啊，你是什么时候知道的？"逸势问。

"一见到时，马上就知道了。"空海回应。

"空海，我一直在等你。"丹翁说。

"我听到青龙寺大阿阇梨要回日本的风声。我想，比起长安，在这儿用这样的方式见面较好。"

"是的。"

"若没在那儿相遇，今晚我打算去客栈找你们。"

前次入长安之前，空海一行人曾投宿的地方。

"话说回来，丹翁大师，我必须向您致谢。没有向您致谢就离开大唐将会留下遗憾。"空海说道。

"致谢？谢什么？"

"青龙寺那件事。你操控了珍贺的梦境。"

"那件事啊。哪里，反正是你，你迟早也会设法解决，是我多管闲事了。"

"不，如果丹翁大师没有私下运作，今天我也不可能这样回去，恐怕还得继续待在长安。"

"能帮上你的忙，我欢喜之至。"丹翁说。

"对了，杨玉环呢？"空海问。

一直饶舌的丹翁，忽然闭了嘴。

静默无语地，三人一起漫步在洛阳人群之中。

丹翁眼中流下泪水。

仰望天空。

"过去了。"丹翁低语。

"往生了吗？"

"嗯。"

丹翁停步俯视。

"她死在我怀里，像沉睡般逝去……"

地上的泥土犹沾泪痕。

"虽然不到一年，却是我一生中最幸福的日子。"

丹翁再度仰望天空。

"空海啊，我要向你致谢。托你的福，如果没有你，我哪能拥有这样幸福的日子。"

两颊顺流下来的泪水，丹翁并未拭去。

"不过，我们碰面得真巧。有件事我正想告诉你。"空海说。

"是什么呢？"

"嘴巴说，还不如直接看。是这个——"

空海自怀中取出纸卷。

"请看。"

"这是？"

"白乐天的诗作。"

打开纸卷，丹翁开始拜读。

《长恨歌》。

灞桥边，白乐天与玉莲的月琴共鸣之物。

其后，临别之际。

"请您务必收下这个——"

白乐天如此说，递给空海。

丹翁定睛细看《长恨歌》，他的白发在微风中摇曳。

读毕掩卷。

"真是了不起。"丹翁说，"与李白相比，白乐天有着不同的才能。他迟早会成名的吧。"

"正是。"空海点了点头，说道。

"请您收下《长恨歌》，好吗？"

"我已全部默背下来了。"

"那我就收下了。"

丹翁将《长恨歌》纸卷收入怀中。

空海插入怀中的手伸出来时，握住一个用纸包裹着的东西。

"这是？"

"玉环的头发。"丹翁回道。

"请把它带到你的故国——也是晁衡的故国埋藏吧。先前，我说有事请托，就是这事。那儿本来就是我们和晁衡大人要一同前往的地方。我的头发也混在其中。"

空海双手捧取，说道："我先保管了。"

随即将头发纳入怀中。

看到空海确实收入怀中之后，"那，我走了。"丹翁道。

"您现在就要走了？"

"嗯。"

"我本来打算今晚与你一起饮酒。"

"算了。我不想让你看到我再度落泪。"

"你要去哪里？"

"任风之所去。"

丹翁泪痕已干。

"我的一生了无遗憾。且随风而行，四处飘荡吧。"

"风吹往何方，就往何方去，或许，也会到你的故国。"

"随时候驾。"空海说。

"贵妃娘娘的墓地在哪儿？"

"终南山附近的村子。仅有我知道。"

"那，我有一事相求。"

"什么事？"

"能否请您代我将这件东西供奉在贵妃娘娘的墓地？"

"是什么？"

"是华清池的石子。"

"石子？"

"是的。当作那件事的纪念，我本来打算将石子带回日本，但如果能供奉在贵妃娘娘的墓地，我认为更好。"

"石子呢？"

"在这儿。"

空海伸手入怀，取出一粒小石子。

"请务必带到。"

"知道了。"

丹翁接过石子，收入怀中。

"连同这首诗，都拿去供奉玉环吧。"

空海和丹翁依然站立对望。

"有朝一日，这阵风会吹到倭国吗？"

"有可能，"丹翁响应。

"我走了。"

丹翁转身，跨步走向人群。

渐行渐远。

空海和逸势站在原地，凝望丹翁的背影。不久，他便卷进人的旋涡，不知去向了。

"走掉了。"逸势说。

"嗯。"空海颔首。

"不过，真想不到你会有那样的东西。"

"哪样的东西？"

"华清池的石子啊。"

"那个吗？"

"是啊。没想到你也会做出这么可爱的事。"

空海经逸势这么一说，

"呵呵。"

轻笑出声。

"空海，哪里奇怪了？"

"不，我在想丹翁大师的事。"

"丹翁大师的事？"

"嗯。"

"什么事？"

"今晚再告诉你。"空海说。

"他若看到那个，或许会突然改变想法。"

"什么意思？"

"逸势啊。今晚说不定你会梦见四大天王踩你。你小心点。"

空海跨步走去。

一边走一边开怀大笑。

【三】

漫步在洛水河畔的丹翁，突然回神察觉，怀中有种微妙的触感。

某个跟方才不同触感的东西。

"奇怪——"丹翁边走边伸手往怀里摸去。

有个圆嘟嘟的玩意儿,是方才空海交给他的石子。

丹翁将它取了出来。

"这是?！"

放在丹翁手中的东西不是石子,而是一颗荔枝。

杨玉环最钟爱的水果。

丹翁呆立原地。

他凝视着手中的荔枝,简直要把荔枝看穿。

"能否代我供奉在贵妃娘娘的墓地?"

"原来他要报复狗头一事……"丹翁喃喃自语。

一会儿,丹翁大笑起来。

他那夸张的笑声,让身旁走过的路人纷纷躲避。

空海那小子,竟然是这种男人。

竟然对我使出这种花招。

丹翁放声大笑。

真是有趣——

空海啊。

你,真是有趣哪。

在洛阳的人群之中,丹翁大笑不止。

全书完

初刊后记

啊！杰作！绝对是杰作！

抱歉！各位，我实在忍不住，就让我王婆卖瓜，自卖自夸一下吧！

务必见谅。

怎么样？

终于写完了。

相当不错的故事哦！

故事有一种魔力，一种从源头不断涌动的魔力。

阅读时，你会感觉地动山摇，故事情节扑面而来。

而这种地动山摇是喜悦，是心跳。

我想读这样的故事。

于是，便写了这样的故事。

有点意思吧？

不过正是它，耗费了我无数个日夜。

《妖猫传：沙门空海之大唐鬼宴》的首章刊登在1988年《SF Adventure》的2月刊上，而我的创作则始于1987年12月。

至于本书结局，也终于发表在今年（2004年）《问题小说》的6月期刊上。

前后相差十八载。

光是故事本身，我就写了十七个春秋。

幸好花了这么长时间，幸好四易期刊，全部发表，幸好没有中途放弃。

我时常想，真的会有人从故事的开头追到故事的结尾吗？

恐怕只有我和那本期刊当时的责任编辑会这样吧！

即便如此，我也从未想过放弃。

提笔写这部小说的时候，以中国故事为创作题材的小说家可谓凤毛麟角。

然而时至今日，书店里满是这类题材的小说，这类题材业已成为我国小说的一大类别。

真是让人无限感慨啊！

十七年来，由于我们无法得知读者的反应，所以只能在黑暗中前行。

当然，在整个过程中，光是发表这个故事的期刊就换了好几本，有谁会连续十七年追一部连阵地都变来变去的小说呢？

即便如此，我的创作也从未停歇，我的激情也从未磨灭。

期间也有人建议，"要么把写好的先出版掉算了！"

可是，如果把写好的先出掉了，后面的可能就要写到猴年马月了。

于是，我暗下决心，不全部写完绝不罢休。

"再有二百页就写完了！"我时常鼓励自己，"就差二百，就差二百页了啊！"

结果，一晃我又写了十年，又写了一千多页。

我最怕的就是，小说还没写完，自己却死掉了。

我要是死了，谁能把它写完呢？

没人会写！也没人能写！

不光我这本《妖猫传：沙门空海之大唐鬼宴》，世上的小说恐怕大都是如此吧。

幸好我坚持下来了。

完成时的快感是任何东西都无可替代的。

也正因如此，不管是十七年还是二十年，我都能坚持。

《阴阳师》的创作始于1986年，一年后《妖猫传：沙门空海之大唐鬼宴》开始动笔。

实话说，我原以为两三年就能写完。

首先，主人公已经定好了。

就是我一直想写的空海大师。

其次，内容也定好了。

就是空海大师在唐朝的长安城与群妖斗法的故事。

开始写这部小说的时候，我自己也没想过让杨贵妃出场。

但随着故事情节的发展，"这儿得写杨贵妃！""这儿，该李白出场了！"

十七年间，我正是跟着感觉走，才一点一滴地堆积起了这部小说。

连我自己都不知道接下来要写什么，恐怕你们看了开头也想不到结尾吧。

我想，这才是本书的有趣之处。

我也相信世间一定有这种创作手法。

我已经写完了，所以我才敢断定。

目前我正在加紧创作《大江户恐龙传》，同时也拾起了中断多年的《宿神》（九十九乱藏）。

我很高兴。

《最终小说》开始动笔，《明治大帝的密使》也将在不久的将来与读者见面，还有《水户黄门传奇行》《恶太郎》《大江户钓客传》等等，这些都是我花大力气酝酿中的小说。

本书的第四卷，关于空海东北时代的几行文字，便是沿用了《新狩猎魔兽》第八卷中空海的台词。

当然，我还要写役小角、果心居士，还要写空海的日本篇。

还要写很多很多，恐怕用尽余生也写不完了吧。

哎呀！怎么办？难道我真的会在写作途中就驾鹤西去吗？

就算如此，不，正因如此——

我才要不停地写，直到踏进棺材的那一刻。

说到做到！

最后，请允许我再自恋一下。

这部小说，真的不是谁都能完成的杰作哦！（笑）

2004年8月15日

于小原田 梦枕貘

梦枕貘的官方主页 蓬莱宫网址: www.digiadv.co.jp/baku/

参考文献

参考资料如下。

因为参考资料众多，现只能列出其中部分图书、杂志。

另外，复印资料的书名和作者也大都遗忘。

毕竟十七年太久了。

我曾多次前去长安（西安），造访过青龙寺、华清宫和杨贵妃之墓。

感谢友人在百忙之中帮我将在西安购买的中文图书翻译成日文。

仅凭我一人之力，绝对无法完成如此长时间的连载。

谢谢诸位。

《弘法大师：空海全集（全八卷）》，筑摩书房

《密教辞典》，佐和隆研，法藏馆

《史记Ⅳ：权力的构造》，司马迁（大石智良、丹羽隼兵译）德间书店

《丝绸之路的幻术》，森丰，六兴出版

《琐罗亚斯德教：献给神的赞歌》，冈田明宪，平河出版社

《空海的风景（上、下）》，司马辽太郎，中央公论社

《须弥山与极乐：佛教的宇宙观》，定方晟，讲谈社现代新书

《密教：从印度到日本的传承》，松长有庆，中公文库

《沙门空海》，渡边照宏、宫坂宥胜，筑摩学艺文库

《空海和炼金术：基于金属史观的考察》，佐藤任，东京书籍

《长安、洛阳物语》，松浦友久、植木久行，集英社

《曼陀罗的人：空海求法传（上、下）》，陈舜臣，TBS Britannica

《生命之海：空海》，宫坂宥胜、梅原猛，角川书店

《私度僧：空海》，宫崎忍胜，河出书房新社

《中国的诗人10：讽喻诗人——白乐天》，太田次男，集英社

《长恨歌和杨贵妃》，近藤春雄，明治书院

《空海之梦》，松冈正刚，春秋社

《空海》，稻垣真美，德间书店

《李白》（鉴赏中国古典16），笕久美子，角川书店

《白乐天》（鉴赏中国古典18），西村富美子，角川书店

《唐诗三百首》（鉴赏中国古典19），深泽一幸，角川书店

《长安之月、宁乐之月：仲麻吕之不归》，松田铁也，时事通讯社

《打开密教的秘密之门》，佐藤任，出帆新社

《秘密经典 理趣经》，八田幸雄，平河出版社

《波斯的神话》，Vesta Sarkhosh Curtis（萨摩龙郎译），丸善书店

《今古奇观：明代短篇小说选集》，抱瓮老人（千田九一、驹田信二译），东洋文库

《长安的都市计划》，妹尾达彦，讲谈社选书

《了解佛典：空海的世界》，山折哲雄主编，佼成出版社

《唐诗的世界》，铃木修次，日本放送出版协会

《大都长安》，室永芳三，教育社

《李白：诗及其内在心象》，松浦友久，现代教养文库

《长安之春》，石田干之助，讲谈社学术文库

《世界历史7：大唐帝国》，宫崎市定，河出文库

《杨贵妃》，村山吉广，中公新书

《大众诗人白乐天》，片山哲，岩波新书

《琐罗亚斯德的神秘思想》，冈田明宪，讲谈社现代新书

《宗祖琐罗亚斯德》，前田耕作，筑摩新书

图书在版编目（CIP）数据

妖猫传：沙门空海.4/（日）梦枕貘著；徐秀娥

译. — 北京：北京联合出版公司，2017.6（2022.6重印）

ISBN 978-7-5502-9033-4

Ⅰ.①妖… Ⅱ.①梦… ②徐… Ⅲ.①长篇小说 – 日

本 – 现代 Ⅳ.①I313.45

中国版本图书馆CIP数据核字（2016）第261243号

Shamon Kûkai Tô no Kuni nite Oni to Utage su-Maki no 4
Copyright © 2004 by Baku Yumemakura
First published in Japan in 2004 by Tokuma Shoten Co., Ltd., Tokyo
Simplified Chinese translation rights arranged with Baku Yumemakura Office
through Japan Foreign-Rights Centre/Bardon-Chinese Media Agency

著作权合同登记 图字：01-2016-7667 号

本译稿由远流出版公司授权北京磨铁图书有限公司在中国大陆出版发行
简体字版本。

妖猫传：沙门空海.4

作　者：（日）梦枕貘

译　者：徐秀娥

责任编辑：高霁月　徐秀琴

北京联合出版公司出版

（北京市西城区德外大街83号楼9层　100088）

嘉业印刷（天津）有限公司印刷　新华书店经销

字数：258千字　880毫米×1230毫米　1/32　印张：10

2017年10月第1版　2022年6月第4次印刷

ISBN 978-7-5502-9033-4

定价：45.00元